Pouso do Sossego

Pouso do Sossego

MENALTON BRAFF

São Paulo
2014

© Menalton Braff, 2013
1ª Edição, Global Editora, São Paulo 2014

Jefferson L. Alves – diretor editorial
Gustavo Henrique Tuna – editor assistente
Flávio Samuel – gerente de produção
Flavia Baggio – assistente editorial
Flavia Baggio – revisão
Ana Dobón – capa
SusaZoom/Shutterstock – foto de capa
Tathiana A. Inocêncio – projeto gráfico

Obra atualizada conforme o
NOVO ACORDO ORTOGRÁFICO DA LÍNGUA PORTUGUESA

CIP-BRASIL. CATALOGAÇÃO NA FONTE
SINDICATO NACIONAL DOS EDITORES DE LIVROS, RJ

B791p
  Braff, Menalton, 1938-
  Pouso do sossego / Menalton Braff. – 1. ed. – São Paulo : Global, 2014.

  ISBN 978-85-260-2111-2

  1. Romance brasileiro. I. Título.

14-15318
CDD: 869.93
CDU: 821.134.3(81)-3

Direitos Reservados

global editora e distribuidora ltda.
Rua Pirapitingui, 111 – Liberdade
CEP 01508-020 – São Paulo – SP
Tel.: (11) 3277-7999 – Fax: (11) 3277-8141
e-mail: global@globaleditora.com.br
www.globaleditora.com.br

Colabore com a produção científica e cultural.
Proibida a reprodução total ou parcial desta obra
sem a autorização do editor.

Nº de Catálogo: **3549**

Para Marli, minha irmã,

que não soube viver para si.

"Estamos todos condenados a buscar a felicidade como crianças que tentam passar por baixo do arco-íris."

Do otimismo ingênuo, Karl Tuhtenhagen

Capítulo 1

Quase uma hora sem qualquer som humano reconhecível, som de garganta, nossos ouvidos há várias horas viajando cheios do ronco monótono do carro, torpor ameno, me assusto quando papai se vira para trás e com voz colorida avisa, Olha o posto! Ele quase pula no banco para que não deixemos de ver o posto. O posto, o último antes de Pouso do Sossego. Mas por que sua alegria repentina, quais lembranças podem estar nascendo deste cenário? Ele nada diz, contentando-se em expor no rosto uma alegria que não entendo. O mundo, então, é a consciência que temos dele? Olho o posto e o que vejo são carros e caminhões, tratores que talvez sejam das fazendas de nossos vizinhos, algumas pessoas caminhando indiferentes a quem passa pela estrada. Por trás da marquise das bombas de combustível, aparece o restaurante de portas e janelas abertas, tudo com um ar sério e modesto. Ao lado, mas distante, a boca escura da borracharia escancarada. Desde que de mim me lembro, o posto tem as mesmas cores, o mesmo ar encardido, e tenho a sensação de que são sempre os mesmos carros e caminhões que ficam por ali, na preguiça, esperando o borracheiro ou o frentista. Muito raramente um trator de meu pai abastecendo, os tambores com seus cheiros espalhados pelos galpões.

Olho o posto, então fico observando meu pai, à espera de que desenrole as ideias, isso que o fez alegre com a visão do posto. Mas ele se volta pra frente com a expressão feliz de quem já viveu ali momentos de que a memória não se desfaz. Meus olhos interrogam minha mãe, em cujo rosto só encontro sono e o cansaço da viagem. Minha mãe, coitada, volta encoberta de luto e ela não tem muito jeito pra lidar com isso. Apenas aperta minha mão. Chego à conclusão de que aquele lugar não diz nada para ela também. Ficou para trás apenas como pedaço de paisagem, com suas cores e formas, marco na beira da estrada anunciando alguma distância, indicando um rumo. Para mim ele apenas diz que já não estamos muito longe de Pouso do Sossego. Terá sido essa a intenção de meu pai?

Não gosto do jeito como o motorista me encara. Sua curiosidade a meu respeito é irritante. Que sabe ele sobre mim? Não posso olhar para o retrovisor sem que encontre seus dois olhos que me engolem cheios de gula. Chegando em casa vou pedir ao papai que o despeça. Ele não deve ser de Pouso do Sossego, é uma fisionomia inteiramente estranha. Vai aprender a se meter com gente da laia dele. Não ouço o que meu pai lhe diz, mas agora o carro anda mais devagar.

Entramos em uma das últimas curvas antes de chegar à cidade. Papai se volta para me perscrutar, e nos encontramos cúmplices, por isso sorrimos, pois só nós dois sabemos que foi aqui mesmo o sequestro: ele empunhando um revólver para me livrar do camburão. Também, não sei o que ainda não fiz na minha vida, se até de camburão já viajei. Não tive tempo de ver, mas ele me contou mais tarde que no alto dos barrancos, dos dois lados, umas vinte bocas de espingarda apontavam para os dois guardas.

Conheço essa paisagem como se fizesse parte do meu corpo: uma tatuagem. Aquelas duas mangueiras quase gêmeas, o renque de eucaliptos da divisa, a manada de éguas do Alfonso, depois da cerca as vacas magras do Estefânio Alvarado, e mais adiante o curral. A gente sempre diz as vacas magras, mas de magras é que elas não têm nada. Esse Alvarado sozinho abastece Pouso do Sossego de leite. Essa pedra, onde todo candidato a prefeito escreve a cal seu nome, e onde o Armando, dezoito anos, interrompeu sua carreira na terra. Foi difícil arrumar seu rosto para o enterro. Não olhei muito, pois não gosto, talvez por isso tenha ficado com a impressão de que não era o Armando que estava ali, mas alguma coisa de cera em seu lugar. Cópia muito mal feita. Tudo isso aqui é conhecido, mas não me lembrava de mais nada, então é como se estivesse vendo pela primeira vez. Como um filme já visto, mas esquecido. À medida que vão passando, as imagens vão sendo ressuscitadas na memória. Estavam lá guardadas, mas sem força pra emergir do fundo escuro que a gente chama de inconsciente.

Agora já penso que posso ficar contente com a volta, mas passei um susto muito grande com a morte de meu avô. Me pareceu que o mundo não teria mais lugar pra mim. A ideia de voltar pra Pouso do Sossego me embrulhava o estômago. Era uma solução impossível. Na casa de meus avós, eu curtia umas férias, era um hiato na vida, uma temporada. Fazia apenas o que me desse prazer. Mas Pouso do Sossego outra vez? Me enterrava viva. Meus tios, os irmãos de minha mãe, há muito tinham decidido vender a fazenda. A vovó deveria ir pra cidade morar com a tia Judite. E eu? Quando meu pai chegou com a mamãe, nos últimos minutos do velório, me senti salva. Olha só, eu digo, e minha voz me soa infantil, as primeiras casas da Vila da Palha! São as mesmas do meu tempo, mas a paisagem é muito forte, como se fosse inteiramente nova. Depois de três anos, vou ter de me lembrar de tudo o que me aconteceu antes de sair da cidade? O pesadelo é uma loucura que a gente vive durante o sono. Um peso muito grande, os pensamentos sem nenhum tempero – a vertigem. Não gosto de me lembrar. No escuro do camburão, o corpo machucado doendo, o Teodoro só dizia bobagens sobre casamento, viver no exterior, coisas assim. Ele estava satisfeito, muito crente num futuro de glória. Talvez tivesse mais experiências como aquela do que eu poderia imaginar: o rapto de alguma filha.

Durante quase todo o tempo da viagem, senti o coração murcho. Algumas vezes de ansiedade por chegar logo e me aninhar na minha casa, protegida. Outras, no entanto, o que me azedava a saliva era a ideia da proteção que teria de aceitar, voltando pra casa.

Ali, a igrejinha onde nos encontramos. Eu tremia feito uma idiota. Estava com medo porque era um voo noturno sem mapa e sem bússola. No canto de trás, chegamos quase juntos. A escolha do lugar foi minha. Eu passo olhando, mais com a memória do que com os olhos, e eles, aqui dentro, não conseguem imaginar os pensamentos que me vão desfilando sem nenhum controle pela cabeça: uma coreografia absurda. Ali o córrego. Dizem que o Teodoro foi assassinado e jogado na lagoa onde esse córrego vai despejar sua água suja. A delegacia com essa fachada sinistra. Não adianta, a pintura é mais ou menos nova, mesmo assim imagino essas paredes guardando, do outro lado, muitos gritos de gente apanhando. Dizem que o delegado, quando quer. Contam histórias sobre o que acontece aí dentro. E a subida até a praça. As lojas com as mesmas caras de coisa antiga: as platibandas com seus frisos, algumas com certidão de nascimento exposta em quatro algarismos, portas e janelas altas e estreitas. Pouca gente nas ruas, a esta hora. Nenhum rosto conhecido. E o terreno antes da lanchonete continua baldio. Coberto de mato. Um dia encontraram um homem morto jogado aí. Ninguém sabia de onde ele tinha aparecido. Aqui em Pouso do Sossego acontecem coisas estranhas.

A torre da igreja apontando para o céu. A torre. Ela me viu crescer, assistiu a todos os meus sonhos lá no quarto sem ousar interferir. A primeira imagem que eu sempre vi ao abrir as cortinas da janela era essa torre aí. E o mesmo relógio. Tenho vontade de comentar como me sinto, mas não saberia dizer o que é. Debaixo de uma dessas árvores, numa tarde de sol parado e quente, jurei para a Sueli que aqui não ficava mais. Ou foi ela quem jurou, já não tenho clareza, os fatos todos cinza como em meus sonhos. E aqui estou, como se o destino fosse uma força contra a qual não adianta lutar. Rodei o mundo, estive com meu pai nos Estados Unidos, cheguei a pensar que ele me deixaria por lá, morei com meus avós, conheci alguns de meus tios que ainda não tinha visto, e cá estou de volta com a sensação angustiante de que nunca saí daqui, a não ser tropeçando nas sombras de um sonho em branco e preto.

Capítulo 2

O Maurício, meu Deus, é ele que vem correndo abrir o portão. Um pouco mais velho, o Maurício? Ele me vê e entorta a boca muito a fim de um sorriso, um velho criança, acho que é por causa desse boné meio ridículo que ele está usando. Abano uma saudação para ele sem obter resposta, pois acho que o Maurício apenas me supõe aqui dentro. Os pneus arrancam vozes esquecidas quando rolam por cima da brita, ruídos meus de todos os dias, como o barulho de uma chuva seca, e de que não me lembrava mais. Não sei se me resgato, me redimo ou me perco nesta emoção por causa do retorno ao ninho onde aprendi a andar.

Bem como a gente vê nos filmes: o pessoal todo da casa alinhado na frente da porta com sorriso à mostra, bem visível, o sorriso de me receber. Não reconheço todos e é o único incômodo que sinto, mas o Francisco jardineiro, em roupa de domingo, a Clara e a Rosa, o próprio Maurício, as duas irmãs da cozinha, a Nilce e a Nilza, nunca sei quando é uma ou a outra. Elas me disseram que se divertem enganando namorados. Elas estão sempre se divertindo. Como agora, os sorrisos mais cheios de dentes por causa da alegria. As duas loiras e o moleque nunca tinha visto. Fico olhando nossos empregados em fila e não consigo imaginar qual deles teve a ideia de imitar o que veem nos filmes. De onde é que as pessoas tiram seus modelos, o que devem dizer, como devem se comportar? Mas acho que as gêmeas, porque gostam muito de cinema, elas é que organizaram o formato da recepção. A Clara desce os degraus e vem me dar um abraço. Ela diz alguma coisa de emoção, eu sei, também eu, claro, Clara. E todos dão gargalhadas felizes como se fosse a primeira vez que ouvem o trocadilho. Um atrás do outro, vêm todos descendo para me abraçar. O motorista que nos trouxe está de pé ao lado do carro, observando a cena, me parece que achando tudo muito divertido. Os olhos dele me engoliram desde o aeroporto até aqui e continuam me incomodando. Ele que se prepare.

Olho em volta me preenchendo aos poucos da paisagem que até há três anos me ocupava por inteiro e que ultimamente já esmaecia em mim. Ao lado do caramanchão, o jardim protegido pelo gramado que é o orgulho do Francisco. Nas pedras, ouço minha mãe dizer, na grama não se pisa, Lúcia. Tio Francisco fica triste e a grama pode chorar. Está me ouvindo, Lúcia? Ela bordava uma toalha de mesa sentada debaixo do caramanchão. Se eu tivesse de acreditar nas bobagens em que minha mãe acredita, e que repete como as verdades fundamentais de sua mentalidade, eu diria que as flores deste jardim se enfeitaram zelosas e alegres com o que havia de mais bonito em seu toucador só pra me receber. Está uma exuberância, nosso jardim, não está? Não chego a dizer isso, mas todos percebem o modo apaixonado como parada contemplo as flores e o gramado do Francisco. Em três anos ele não perdeu um único fio de cabelo. As botinas secas, a calça de brim grosseiro, a camisa xadrez de todos os invernos e verões de sua vida.

Aproveito e arrasto meus olhos lentos até o portão e descubro a imagem de uma velha maltrapilha, com um chapéu de veludo sujo escondendo seus cabelos, que me encara com sorriso sem dentes.

Estremeço com o susto e pergunto quem é ela. Uma velha que anda por aí, cobrindo a cidade com seus passos arrastados. Ninguém sabe quem ela é, mas todos a encontram a qualquer hora do dia ou da noite, em qualquer lugar de Pouso do Sossego. Ela tem o tamanho da cidade, explica minha mãe.

Meu pai dá ordens para que a velha seja enxotada, me toma pelo braço com dedos duros e diz, Não sei vocês, mas eu estou morrendo de fome, hein. Os empregados se abrem em dois grupos para que, antes de todos, entremos nós, os donos da casa. Olho ainda uma vez para o portão, mas a figura que me assustou segundos atrás não está mais lá. Subo as escadas conduzida pelo doutor Madeira, e sobe comigo a má impressão causada por aquela velha que me observava. Queria me dizer alguma coisa, ou estava apenas feliz por fazer parte de uma paisagem? Me pareceu que ela espichava o braço apontando para mim. Inquieta, volto a perguntar quem ela é, e a resposta é a mesma, Uma velha que anda por aí. Minha respiração ainda demora pra voltar ao normal.

Só na sala de jantar os dedos duros de meu pai, seus dedos curvos como gatilhos, resolvem me soltar o braço. Então me sinto, por um instante, como se nunca tivesse saído daqui. Mas observo melhor a mesa e percebo em tudo um arranjo especial, o sinal de que se trata de um dia fora do comum. A porcelana alemã, acompanhada da baixela de prata e as taças de cristal da Boêmia, que são o orgulho de minha mãe, quando diz que trouxe de Praga, isso tudo são indícios de que o dia é muito especial. E no centro dos acontecimentos estou eu, que vim de muito longe, apesar de que boa parte da cidade nem deve ter percebido minha ausência.

Todas as pessoas deste lugar sabem que, sem a autorização da mamãe, esses tesouros não são utilizados. Eu também sei, por isso me grudo nela no abraço que ela está esperando. Ela sorri quase dentro de meus olhos, em seguida seus braços me envolvem com muita força porque estou de novo em casa, sua companheira. Nos soltamos para cumprimentar o padre que acaba de chegar a convite de papai. É um padre novo na paróquia como também novo de idade. Como faço cara de espanto com a apresentação de um padre desconhecido, os dois se põem a explicar que o padre Ramón aposentou-se e voltou para a Espanha, dizendo que seus últimos dias seriam passados entre os irmãos, de quem estava separado há mais de cinquenta anos. Pronto, já comecei a não gostar desse gorducho que pegou o lugar do meu padrinho, o padre Ramón.

Quando uma das gêmeas começa a nos servir, descubro que hoje tudo nesta casa está sendo feito em minha homenagem. Os pratos são os meus preferidos: arroz à grega, carneiro assado, molho verde com aspargos e mandioca frita. Meu Deus, que saudade! E este vinho deve ser dos mais velhos da adega do papai. Todos ficam alegres quando peço que me encham mais uma taça, mas minha mãe me pede para andar sem tanta pressa.

Esse padre novo quer se mostrar simpático e na hora da sobremesa começa a me fazer perguntas sobre o curso terminado nos Estados Unidos. Dou respostas evasivas, mas ele insiste, pois quer saber mais. Ele é muito interessado em cursos nos Estados Unidos. Acabo alegando cansaço, e não estou mentindo, para subir ao meu quarto. E se ele me espera no confessionário para continuar sua investigação, vai ficar decepcionado, pois lá não costumo pisar.

Minha mãe sobe comigo, fiscalizando o cumprimento de suas ordens. Eu não disse pra você ir mais devagar com o vinho? O quarto está exatamente igual ao último dia em que passei aqui. Ela abre a porta, passeia o olhar pelo interior do quarto, me dá um beijo na testa e me deseja bons sonhos. O ar parado deve estar há três anos sem se mover, acumulando um cheiro velho, de ar parado.

Com a porta fechada, me vejo finalmente sozinha, um abismo à minha frente. Em casa outra vez, tutelada. E como vai ser isto? Em que mãos deverão ficar as chaves de meu futuro? O medo é uma saliva amarga que sou obrigada a engolir. Aperto as pálpebras para escapar da vertigem, mas ela me acompanha no escuro. As férias acabaram e ainda não estou pronta para assumir minhas escolhas. E tenho de escolher.

Não posso continuar choramingando assim. Ainda não sei o que fazer, mas quando chegar a hora, ninguém vai me segurar. O quarto está exatamente como o deixei há três anos. A cama, o guarda-roupa, minha mesa. A cortina também é a mesma. Desta janela foi que vi pela primeira vez aquele rapaz, que na hora me pareceu um deus descido do Olimpo. Ele jogou as bolas de seu malabarismo no soalho da carroceria e me mandou um beijo na ponta dos dedos. Eu ainda não sabia, mas já começava a desconfiar de que naquele momento nascia um rumo novo pra minha vida. O resto, o que veio depois, bem, não gosto de me lembrar. Foi tudo uma vertigem.

Muito cansada. E lá na praça, por cima das seringueiras, a torre da igreja. Acho que vou dormir. Desta janela devolvi o beijo. Então tudo aconteceu. Corredeira de um rio que me arrastou, turbilhão.

Capítulo 3

Gosto de descer esta escada ouvindo o gemido cavo de cada um dos degraus quando os piso. Não tenho pressa, ao descer, pois meu destino, apesar das aparências, não é o mundo, aonde devo descer com meu corpo, mas o espaço infinito para onde viaja minha imaginação ou minha memória.

Estou prisioneira, pelo menos por algum tempo, na casa onde nasci e pela primeira vez machuquei numa queda um dos joelhos. A babá me pareceu incomodada com meu choro, por isso parei de chorar. Ela passou iodo-cromo no ferimento, coisa terrível, aquele fogo consumindo uma perna inteira. Então chorei mais do que antes e senti em seus olhos e na mão espalmada que me ameaçava do alto que eu estava à mercê daquela mulher. Mais uma vez engoli o choro. Desde então tenho chorado pouco.

Com a morte de meu avô, o céu se apagou e submergi num mar de escuridão. A fazenda, posta à venda, não tinha mais lugar para mim. A vovó, tristinha, foi acolhida por uma das filhas, a tia Judite. Nenhum dos meus tios me convidou para seu convívio, ninguém proferiu uma só palavra que me salvasse. O mundo era o deserto por onde eu deveria perambular. Até a chegada de meus pais. Eu estava salva do deserto, mas ao arbítrio do doutor Madeira, Ascendino Madeira, meu pai. Foi ele quem me recomendou no caminho de volta que nesta primeira semana escondesse meu rosto dentro de casa. Os íntimos, amigos desde sempre, esses sim, esses poderiam visitar-me, desde que antes telefonassem.

Foi a Yole quem ligou hoje de manhã perguntando se eu ficaria em casa à tarde. Mandei dizer que sim, e que estaria à sua espera. Ela foi minha colega de escola, estudávamos na mesma classe e nos tornamos muito amigas. Com o tempo jogando água fria sobre nós, nos perdemos uma da outra por um bom período. Ela me deu a impressão de que estava muito ajustada à vidinha de Pouso do Sossego, razão para não procurá-la mais, com sua fisionomia me causando certa ojeriza.

A Yole é quem está lá na sala, além destes degraus que devo descer, à minha espera.

Não posso atinar com os propósitos de meu pai ao me trazer de volta, ele não me dá abertura para perguntar, e me calo, pois não tive escolha ao aceitar sua proteção. Mas exigir que por algum tempo não apareça nas ruas da cidade, isso eu entendo: ele ainda se sente envergonhado com o que me aconteceu e acredita que a normalidade só vai ser conquistada gradualmente. Um homem com seu poder não deveria sentir vergonha. Primeiro vem a Yole, conversa comigo, sai contando para os outros sobre o que conversamos. Depois vem outra, mais outros, até que Pouso do Sossego se acostume à ideia de uma Lúcia em seu convívio.

Meu pai é um homem forte e, além de forte, autoritário. Nem os Alvarado resistiram ao duro poder do doutor Madeira. O próprio padre cedeu às vontades dele. Pois bem, nem sua força ou seu autoritarismo foram suficientes para que ele jogasse no rosto de todo mundo uma filha que por uns dias foi amante de um malabarista. Seu orgulho foi prejudicado, mesmo assim me quis de volta em sua casa.

No que me concernem, as ações de meu pai sempre me deixam a saliva com gosto de dúvida, que é um gosto entre o doce e o azedo, mistura de ácido e mel. Às vezes, distraída, chego a pensar que é amor paterno. E isso me aninha em seu peito, feliz e satisfeita. Mas não dura muito esse meu sentimento de plenitude. Pelo convívio com ele, sei que quase tudo que o move é o orgulho, a sede de poder, o prazer de possuir, de poder comparar-se a todos saindo-se com vantagem. Cobriu minha mãe de sedas, ouro e prata, apesar da quase indiferença com que em casa a trata. Ela, minha pobre mãe, é usada como insumo da vaidade do doutor Madeira.

Continuo descendo os degraus que me levam ao mundo. Sinto um pouco de vertigem e me agarro no corrimão. Nunca sei qual será meu próximo passo nem se ele acontecerá, por isso a sensação de que estou solta no espaço e um frio me sobe do estômago para a boca. Quando será que enfim vou pousar meus pés em terra firme?

A vertigem me esfriou a testa e o suor umedeceu meu corpo, mas já consigo continuar a viagem. O Teodoro não demorou e parecia mais ansioso do que eu. Era atrás da capela dos velhos, como é conhecida, onde luz nenhuma àquela hora podia chegar. Vi seu vulto com seu tamanho e senti que estava com o corpo molhado. Juntei minha valise e nos apressamos na direção de seu carro. Tenho certeza de que ninguém nos viu. Só fomos parar em Porto Cabelo, porque dificilmente nos procurariam por lá, e ainda mais numa pousada de segunda categoria. Em Porto Cabelo nos sentimos seguros para nossa noite de núpcias.

Não sei se hoje teria coragem suficiente para um ato ousado como aquele. Eu não queria apodrecer em Pouso do Sossego, isso não. Dúvida nenhuma sobre esse motivo, mas sinto que não foi só o desejo de abandonar meu passado que me empurrou para a aventura. Houve um instante de deslumbramento. Não durou mais do que alguns segundos, entretanto foi como se a vida toda eu estivesse esperando por aquele homem, que do assoalho de um caminhão me enviou um beijo com as pontas dos dedos. Era minha oportunidade de desvendar o mundo, livre de pai e mãe, livre dos conhecidos desta cidade aonde o tempo veio dormir.

Eu só dispunha de uma janela, mas que não passava de uma fresta. E o que via além, envolta em bruma, era uma vida fantástica, com delícias que eu não conseguia definir como as imagens de um sonho, sem nenhuma nitidez, mas muito fortes.

Difícil saber se amei aquele Teodoro Malabar. No momento em que, do caminhão em frente à minha janela, me mandou um beijo com a ponta dos dedos, a mim pareceu um deus descido do Olimpo, que tinha vindo me buscar. Desde então não consegui mais pensar em nada a não ser em percorrer o mundo guiada por seus braços mágicos.

Com a vertigem passando, sinto um pouco de frio que deve ser o suor que acaba de secar. Estes últimos degraus sempre tiveram um sentido misterioso para mim, pois sobre eles tenho sempre de decidir se continuo ou volto para meu quarto. A Yole me espera na sala e tenho de terminar a descida para que a vida tenha alguma coerência. Eu mesma mandei dizer que estaria à sua espera.

No corredor já ouço vozes e não posso estar enganada: minha mãe faz sala para minha amiga, e talvez esteja relatando os fatos de sua recente viagem. Elas até se parecem um pouco: seu jeito família.

Mentir é muito difícil. Os fatos com o tempo se misturam e quando menos esperamos entramos em contradição. Não sei como resolver nosso encontro na casa de meu avô, se estava estudando nos Estados Unidos. Não sou boa nisso de inventar um enredo com um mínimo de lógica. Alguns assuntos, pela vida a fora, vou ter de evitar. O que é difícil numa cidade como Pouso do Sossego. Aqui as pessoas perguntam tudo, querem saber, demonstram um interesse uns pela vida dos outros, que é para sair espalhando: uma das poucas diversões de nossa cidade – a vida alheia.

Mas se o amava mesmo àquela altura, como cheguei a pensar, como pude esquecê-lo tão cedo?

Elas estão rindo e ainda não viram que, escondida por trás de meu silêncio, já estou na sala. Pronta, enfim, para cumprir o programa exigido pelo comandante, o doutor Madeira.

Capítulo 4

Atravessamos a rua iluminados pelo sol hesitante da manhã, nossas cabeças singrando na claridade, e penetramos na massa dos olhares de mormaço de Pouso do Sossego. Eu, pendurada na minha mãe, protegida, miro a torre, seu relógio, e, por um momento, acredito que o cenário como está – a praça, o coreto, as árvores, além das pessoas coloridas, e lá, mais ao fundo, a igreja – tudo isso foi arranjado para minha recepção, e me transcendo. Dentro de mim, no meu peito, ressoam cânticos angelicais, e o sol com seus raios frouxos arranca faíscas de asas claras e imensas. Me sinto subitamente leve, transparente, e só não flutuo por estar presa à minha mãe. Nunca imaginei que fosse ficar feliz ao pensar que estou de volta.

Saio tonta da experiência espiritual (e sei que foi uma experiência espiritual) para cair pesada na lagoa escura dos olhares. Meus pais descem a aleia central da praça cumprimentando as pessoas que ficam de pé paradas assistindo à passagem da família Madeira, como todos os domingos, mas agora com um elemento de curiosidade: a filha que voltou dos Estados Unidos.

Imagino que a Yole, as irmãs Campos e todos que me visitaram durante a semana tenham feito um belo trabalho de divulgação da minha chegada, pois nunca vi tanta gente na praça, em manhã de domingo, à espera da missa. Nunca mais tinha entrado nesta paisagem desde que fugi num carro velho e emprestado com o Teodoro. Fiquei sabendo que ele morreu afogado, mas as pessoas têm medo de comentar o assunto, por isso não conheço os detalhes. Há um pesado tapete de silêncio que envolve os fatos que sucederam à minha partida para o exterior. Apesar disso, tenho muitas desconfianças a respeito dessa morte.

Tento escapar da multidão de olhos que nos acompanham e me agarro a fragmentos de paisagem despovoada. Me volta então aquele sentimento de que é tudo antigo, mas diferente, como se estivesse vendo pela primeira vez. As seringueiras que levei comigo eram mais verdes; as sete copas, mais altas. Esses bancos aí não tinham essa cor indefinida. E a torre da igreja com seu relógio, por que me dão a impressão de que encolheram? Estão mais distantes do céu desde que o padre Ramón foi aposentado?

Não ouso encarar fixamente quem quer que seja, mas de esguelha observo as pessoas que nos cumprimentam. Incrível como suas fisionomias desapareceram da minha memória. Dos mais velhos, vagamente me lembro de bigodes e penteados, algum modo de sorrir, o tamanho e a cor dos olhos. Tudo isso, entretanto, procurando um nome e seu endereço, sem que eu encontre a rede de relações em que estão situados.

Estamos todos um pouco atrasados porque a voz do novo padre irrompe na praça despencando do alto da torre, onde os alto-falantes apontam para os quatro pontos cardeais: que ninguém ignore o convite para um paraíso futuro. Ele canta com potência superior ao que sua estatura permitiria imaginar. E quando todos me esquecem e se dão conta de que estão atrasados, entramos em bando barulhento pela porta da igreja.

Bem como antes. Bem como sempre foi. Os bancos da frente, do lado esquerdo, reservados à família Madeira e seus serviçais. Estão ocupados. Uma família inadvertida de forasteiros, há muito tempo, ocupou nosso lugar. Meu pai nos deixou esperando no corredor e subiu à sacristia pisando com sapato de salto seco. Era no tempo do padre Ortega. Não demorou cinco minutos e o padre desceu à nave e parlamentou com os intrusos. Eles pareciam querer resistir, Isto é um absurdo, a gente ouvia. Então se levantaram e saíram em fila para nunca mais serem vistos em Pouso do Sossego. Algumas pessoas, por desconhecerem as regras, sentem-se no direito de se indignar.

O padre segura com a mão esquerda um papel à altura de sua miopia e com a direita, em gestos amplos, marca o compasso do que está cantando. Ele é baixinho e gordo, mas empinado. Sem deixar de lado seus gestos amplos, os gestos com que imagina livrar do inferno alguns seres humanos, ele nos fita com imenso amor cristão. Vejo isso em seus olhos, que se espremem um pouco, e em sua boca, que sutilmente se rasga na direção das orelhas. Ele está feliz com nossa chegada. Suponho.

O pessoal lá de casa está todo sentado no segundo banco. O Francisco, com sua velhinha, as gêmeas da cozinha, a Clara e a Rosa, e algumas crianças que devem ser seus frutos. Acompanham nossa chegada com respeito, sentindo-se muito importantes, como se pertencessem à nossa família. Bem, num certo sentido elas pertencem, isto é, estão incluídas em nosso convívio. Não deixa de ser uma pertença Minha mãe é quem sempre diz, É como se fossem da nossa família. E eles não entendem que "como se fossem" já significa que não são.

Dobramos ligeiramente um dos joelhos, fazemos o sinal da cruz, e ocupamos nossos lugares, um encostado no outro. Só então o padre inicia o rito inicial. Há o calor de muitas luzes em minha nuca. Tenho medo de que meus cabelos incendeiem. Esta mania de sentar nos primeiros bancos só pode ter sido decisão de meu pai para não deixar os Alvarado aparecerem mais do que ele.

E por falar na família Alvarado, sinto que todos eles, sem exceção, estão com suas respectivas cabeças viradas para nosso lado, tentando me enquadrar. Estão muito curiosos, querendo saber de mim. Me escondo por trás de minha mãe, o corpo inteiro, e finjo que não percebo seus olhos com fome. Dois dos rapazes cochicham e me olham com malícia. Isso deve estar acontecendo para trás também, até o fundo, na porta de entrada. A igreja hoje é uma festa e a filhinha do doutor Madeira é a atração principal. Eu já esperava por isso. Pelas visitas que recebi durante a semana, o modo como me fixavam seus olhares, as perguntas e os comentários que faziam, não sou nenhuma boba, já imaginei que era o passatempo da cidade. Ninguém teve coragem de perguntar onde eu havia escondido meu filho, tenho certeza, entretanto, que muitos de nossos amigos me visitaram pensando em conhecer a criança. De três anos.

Finalmente começa a Liturgia da Palavra e podemos sentar. Minha mãe se ajoelha, faz o sinal da cruz três vezes, fecha os olhos e fica imóvel, elevando ao céu pensamentos lacrimosos em favor de sua única filha, que ora passa por momentos difíceis. Bem fácil adivinhar minha mãe, mulher muito transparente. Ia esquecendo que há pouco mais de uma semana perdeu o pai sem tempo para se despedir. Talvez alguns de seus pensamentos sejam em favor de sua alma. Me sinto amada por minha mãe, que em mim vê apenas uma filha. Ela é mais simples do que meu pai, que mantém seus valores e intenções escondidos no fundo da caverna. Para o doutor Madeira, devo ser objeto muito valioso, espécie de troféu, quem sabe, que pendurado na parede da sala estaria em bom lugar.

Se não me engano é o Osório que está fazendo a leitura da palavra.

Por trás da cabeça de minha mãe, que já enviou ao céu todas suas súplicas, espio os dois Alvarado. Continuam me procurando com olhos de onde escorre um caldo malicioso, visguento e de incrível mau cheiro. Me escondo o mais que posso e só de soslaio me permito olhar para eles. Para os dois, tenho certeza de que seria a glória perceberem-se observados por mim. Não posso dar a eles esse gostinho.

Desde que sentamos, venho resistindo à compulsão de olhar para os fundos da nave, até à porta de entrada. Se alguém conhecido. Pronto, o Osório volta para seu lugar e começa o padre sua fala. Ele é levemente fanho. A mudança provoca no recinto um rumor de tosses, cochichos e arrastar de pés e neste momento me entrego ao desejo e olho para trás. Encontro o riso com que a Yole me cumprimenta, ela ocupando um banco inteiro com sua turma: conheço alguns rostos, outros me são inteiramente desconhecidos. Vagueio o olhar pelas duas alas de bancos e me viro brusca para a frente. Acabo de descobrir que o padre fala para as paredes e que apenas os vitrais o escutam com atenção. A multidão que hoje ocupa cada palmo da igreja está toda concentrada em mim. Todos muito sérios, com pensamentos quase expostos. Isso incomoda.

Já não sei em que parte estamos: de joelhos, de pé, a hóstia, sentados, de pé novamente. As posições se sucedem enquanto fujo para o corpo de minha mãe: o conforto.

Por fim ouço a voz meio fanha do padre dizendo, Ide em paz, e o Senhor vos acompanhe, e essas palavras eu conheço bem.

As pessoas não têm pressa para sair. A mim parece que estão todos à espera de que a família Madeira se mova para que eles assistam mais uma vez ao desfile. Meu pai é assediado pelo Osório, que o retém na frente, minha mãe me olha indecisa, e eu me agarro no braço dela. Algumas pessoas por fim resolvem ir-se embora, mas antes de passar pelas portas viram o pescoço e nos apreciam ainda por rápidos instantes.

Quase vazia a igreja, o Osório se despede porque a Matilde está chamando. Esses dois estiveram lá em casa durante a semana da minha quarentena. Eles já me cumprimentaram de longe com sorrisos muito íntimos.

Na saída pela porta principal, como sempre exigiu meu pai, encontro a Yole rodeada de amigas, que me envolvem numa roda de abraços. Mesmo algumas das que mais me criticavam estão no grupo. Duas delas, com as blusas arrebentando de tantos seios, talvez já casadas e amamentando, fazem parte do grupo. Me perguntam como é viver nos Estados Unidos, e eu invento aventuras e visitas, dessas que se encontram em qualquer revista, para que elas morram de inveja.

27

A mais morena das duas supostamente casadas, por fim quer saber detalhes do meu curso. Sinto umidade nas mãos, no pescoço e na testa. Por fim me ocorre dizer que terminei um curso de hotelaria, assunto de que nenhuma delas tem noção alguma. Sabe, o gerenciamento, treinamento do pessoal, a cozinha, o conforto, atividades de lazer. Explico como se joga tênis, explicação ociosa, pois isso elas veem na televisão, mas não se pode desprezar a força do testemunho pessoal.

Chegando em casa preciso anotar tudo que inventei.

Nos despedimos com novos abraços. Alguns de amizade, mas nem todos, eu sei.

Vamos a passo lento cruzando a cidade, descendo na direção da baixada. Alguns poucos curiosos que ainda não tinham visto a filha do doutor Madeira, então, como é que ela está, mais velha, queimada do sol e sem barriga, se ela tem coragem de encarar gente séria, vão aparecendo nas janelas para sentir prazer. Nós descemos trocando banalidades, assuntos sem importância, fingindo indiferença pelos olhares curiosos, que sempre carregam algum peso. À minha mãe creio que basta esse exercício da maternidade, de que foi privada por três anos. Descubro no semblante que ela expõe a paz e a plenitude com que desempenha seu papel.

Foi logo depois do café que ela me envolveu pela cintura e propôs um passeio por baixo do sol brando. Espichar as pernas, ela disse. Aceitei o convite sabendo que os passeios de dona Júlia sempre são pretextos. Ela quer me mostrar ou me dizer alguma coisa, que só revela no momento que escolhe e à distância de ouvidos e olhares, fora do ninho.

Nossa delegacia está marrom, ar macabro, severo e sinistro, mais lúgubre do que aquele cinza desbotado de antigamente. Sinto arrepios só de passar aqui pela frente e ficar imaginando os horrores que acontecem aí dentro. Minha mãe vai distribuindo a bênção às centenas de afilhados que encontramos em nosso caminho e cumprimentando com voz macia e sorriso cortês suas comadres. Ao contrário de meu pai, ela é adorada pelo povo de Pouso do Sossego: coisas da caridade. Povo gosta disso como se fosse de mel.

Agora ela escolhe a rua da esquerda e já imagino aonde ela quer chegar. Será que está me testando? Continuamos no mesmo passo de passeio, e minha mãe me distrai contando histórias das empregadas. Fico sabendo que a Clara arranjou um namorado dez anos mais novo do que ela, e que as gêmeas não se resolvem a casar a menos que encontrem dois irmãos gêmeos.

E ali está a lagoa e o terreno plano ao lado, onde se costumava levantar circo aqui na cidade. Mas andaram plantando árvores neste terreno? Minha mãe confirma com um simples movimento de cabeça. Andaram, ela afirma depois de algum tempo. Escolhe um banco debaixo de uma copa ainda jovem e me convida a sentar para descansarmos um pouco. Aceito o convite fingindo não saber que era um destes bancos nosso destino antes mesmo de sairmos de casa.

Ela fica em silêncio o tempo necessário para encontrar um bom início para a conversa. Aproveito e passeio os olhos em nossa volta, tentando descobrir a posição exata do circo e imagino a porta principal por onde passei e quase ouço o barulho que se fazia lá dentro, debaixo da lona.

– Foi aí mesmo que ele apareceu morto.

Minha mãe olha a lagoa e aponta com o queixo o lugar onde o Teodoro morreu. Não sente coragem de pronunciar seu nome ou talvez considere isso desnecessário, assunto que a cidade inteira comentou durante meses.

Poderia perguntar quem e me fingir de desentendida, mas me economizo e apenas lanço um olhar indiferente para a superfície da lagoa. Não quero dar prosseguimento a uma conversa incômoda, sobre algo que já não tem o menor interesse para mim.

Como eu continue calada, ela insiste.

– No início chegaram a prender uns colegas dele, mas nada ficou provado e os tais sumiram pelo mundo. Até hoje ninguém sabe como foi que aconteceu.

Ela ainda faz alguns rodeios até cair de corpo inteiro no que interessa, começando com a conversa tida à noite pelos dois, debaixo da colcha e antes de dormir. Ele, o doutor Madeira meu pai, anda preocupado com meu futuro. No domingo, bem que ele percebeu quão difícil vai ser minha vida em Pouso do Sossego. Não que essa história toda não afete também seu prestígio. Claro que afeta. Mas a principal preocupação dele é com seu futuro, minha filha.

Ouço com atenção, ouvidos em posição de sentido, sem ainda atinar com a baliza de chegada. A preocupação da família (meus pais) com meu futuro é um negócio mais ou menos óbvio, não sei por que ela perde tanto tempo falando sobre isso.

A lagoa de repente se encrespa e sinto no rosto a língua fria da brisa que subiu da água. As copas das pequenas árvores estremecem. Me sinto fora do mundo, carregada por um sonho que não é meu, mas não sei de quem seja.

Meus ouvidos se cansam de tanta atenção e me distraio recolhendo ao acaso sinais do entorno. Uma criança grita a distância e, um pouco mais perto, um cachorro late sua resposta. Do outro lado da lagoa não se observa movimento algum: uns fundos de chácaras. Minha mãe continua falando, mas já não sei do que se trata.

Súbito ela vira o rosto para meu lado, me encarando muito séria, e demora algum tempo para que sua pergunta atinja minha consciência.

– O que você acha, hein, minha filha?

– Mas do que a senhora está falando?

– Ora Lúcia, você não está prestando atenção.

Meu braço direito se enrosca em seu pescoço e estralo um beijo em sua face.

– Desculpe, mãezinha, eu me distraí.

Ela então repete que seu marido está ansioso por me ver casada, dando a ele um herdeiro.

Fico algum tempo meditando na transformação que já sofri aos olhos de meu pai. Para não dizer que fui deserdada, ele me pede um herdeiro. Logo, de acordo com as exigências da tradição, devo arranjar um marido.

– Não, querida, depois de tudo que aconteceu, seu pai acha que a escolha deve ser dele. Enfim, tem um nome por que zelar, uma posição na sociedade, tem os bens que um dia vai deixar, por isso se sente na obrigação de escolher o próprio genro.

Fico estátua em uma praça com meia dúzia de bancos e algumas árvores pouco mais do que em potência. A dor do arrependimento por ter voltado a esta cidade me sufoca, mas concluo que não tive escolha.

– Pelo menos não vai ser ninguém daqui, não é mesmo?

Ela sacode a cabeça, que não sabe, pois já era detalhe de que não trataram.

Fico olhando a superfície da lagoa, ligada em mim, e penso que é um jogo sem regras, mas com alguma lógica, mesmo que cambiante. Nos levantamos para voltar a passo lento cruzando a cidade, e me incomoda a hesitação: não sei se aceito ou não esse jogo que esse casal me propõe. Um jogo de que desconheço as regras.

Capítulo 5

Aquela entrevista da lagoa me causou alguma apreensão e uma noite mal dormida. Sua impressão, contudo, não durou muito, pois me pareceu uma solução tão insólita que escorregava para o absurdo. E assim como escondida no banheiro me desfaço de meus dejetos, deixei que se escoassem pelo ralo da memória as palavras de minha mãe. Até ontem, na hora do almoço.

Estávamos nós três mastigando nossa ração e alguns pensamentos difusos, sem forma ou conteúdo, quando o doutor Madeira, o garfo suspenso a um palmo do prato, pigarreou, e, enquadrando no mesmo olhar minha mãe e eu, afirmou com solenidade, Vou interromper mais uma vez a sesta do Osório. Ele precisa me ajudar.

Não tanto pelo que disse ou pela solenidade com que disse, mas pela expressão aflita da dona Júlia, percebi que o assunto me dizia respeito. Reconduzi imediatamente a seu lugar a entrevista da lagoa.

Meu pai não tem muitos amigos, em Pouso do Sossego, mas não lhe faltam homens de confiança. O Osório, descendente de um dos fundadores da cidade, além de homem de confiança é também amigo. E sendo seu Armazém Figueiredo o maior da cidade, e isso há mais de meio século, ninguém como ele para conhecer cada família da cidade e arredores, para saber da situação financeira da maioria das pessoas. O conhecimento da superfície, boatos e anedotas, esse pertence ao Leôncio, o barbeiro. Não era disso que meu pai precisava.

Precisando afugentar um bando de pensamentos incômodos, me alojei horizontal num sofá da sala para assistir a um programa na televisão, desses que a gente suporta pra matar o tédio e que acabam nos matando do mesmo mal, quando o Maurício entrou na sala e anunciou a chegada do Osório. Meu pai em pessoa desceu até o quintal e foi ao encontro do amigo. Vamos entrando, ele dizia atrás do comerciante, você conhece a saleta. Tive de me levantar para receber seus cumprimentos e dizer sem muita convicção que sim, que estava tudo ótimo, a saúde e tudo mais. E a Matilde, como é que vai?, foi a pergunta que me ocorreu fazer e que fez o rosto do Osório brilhar. Ele estava explicando qualquer coisa sobre a esposa, dessas pequenas coisas que só para a família têm alguma importância, e o doutor Madeira já o puxava para o corredor. Vamos entrando, Osório, temos muito a conversar.

Ouvi a voz dos dois, trazida pelo corredor à sala, onde a televisão tinha perdido qualquer interesse, até o momento em que uma pancada seca indicou que a porta da saleta fora fechada. É lá que o doutor Madeira costuma discutir as questões mais graves da cidade. Daquela saleta, é o que o povo diz, saem prefeitos, delegados e muita gente acha que mesmo o bispo de Porto Cabelo foi escolhido naquela saleta sem janelas e de uma única porta com quatro polegadas de espessura.

Quando hoje de manhã mandei pra baixo a informação que preferia tomar o café no quarto, desculpa de uma enxaqueca, parece que ouvi uns resmungos estranhos correndo por dentro das paredes do sobrado. Palavras adelgaçando-se pelos orifícios da imaginação. Depois do café, minha mãe subiu a escada com seus passos de disfarce, que tão bem conheço. Passado um tempo mais do que longo, um exagero sua hesitação, ela bateu à porta e pronunciou meu nome como quem desmancha um suspiro com os lábios. Eu estava ainda com o rosto inchado, com as marcas do choro, por isso acho que ela se contentou em perguntar-me se estava tudo bem comigo: não quis entrar. Ela bem sabe que a considero cúmplice de meu pai, eu mesma disse isso a ela ontem à tarde. E não tem argumentos com que se defender, por isso minha mãe sofre, talvez sentindo-se culpada, mas impotente.

Uma das gêmeas veio buscar a bandeja e senti piedade na expressão de seu rosto, o modo como enrugou a testa e sacudiu a cabeça. Não disse nada porque minha mãe estava ainda muito perto, mas senti solidariedade no semblante triste que me ofereceu.

Desde então, ninguém mais me perturbou. A tal ponto que as horas de insônia foram por fim compensadas e dormi um sono firme e sem claridades.

A cozinha invadiu em silêncio a casa toda com seus temperos. E, apesar da fome, não desci para o almoço nem eles dois insistiram. Como saber o que pensavam? Pode ser birra infantil, como deve ter pensado meu pai, mas é apenas a reação possível contra uma arbitrariedade.

Já era quase noite, ontem, quando o Osório se despediu. Velada pelo voile da cortina, de onde via a vida em seu curso, assisti à sua partida. Ele me parecia cansado, vincos no rosto, e meu pai, que por um momento desceu até o saibro da entrada, era pura decisão.

Então o sobrado sofreu de um silêncio tenebroso, uma espécie de morte que gelava suas paredes. As lâmpadas não se acendiam, e os empregados desapareceram pelos cantos escuros em fuga como se nunca tivessem existido. Estava tentada a descer para descobrir o que acontecia, quando minha mãe bateu à porta com a suavidade de seus dedos pianistas. Minha ansiedade gritou que ela entrasse e vi primeiro sua cabeça antes que o corpo inteiro se pusesse dentro do quarto.

Não acendemos a luz, o que nos ajudou a conversar frente a frente sem o desconforto da visão.

Ela veio e sentou-se macia na minha cama.

– Lúcia, ela disse depois de algum tempo, seu pai acaba de me comunicar sua decisão.

A voz dela subiu dos intestinos por isso já chegou tão débil aos lábios. Então pude imaginar que era uma decisão contra mim. Ao transmiti-la, dona Júlia não assumia seu conteúdo, numa conivência neutra, se pode ser neutra uma conivência. Cumpria uma obrigação, talvez uma obrigação desagradável, mas cumpria legitimada pela obediência a que se julgava submetida pela tradição.

O Osório, explicou minha mãe, saiu com a incumbência de conversar com o Amâncio. Dei um salto e um grito simultaneamente, proferindo esse nome ridículo de que nunca tinha ouvido falar. Dona Júlia tomou minhas duas mãos entre as suas e, com aquela mesma voz subida dos intestinos, tentou me convencer de que era um bom partido. O pai, homem honrado, era proprietário de uma pequena fazenda a pouco mais de duas léguas da cidade. Pouco apareciam, a não ser aos domingos, pois não perdiam missa. Gente simples, mas de algumas posses, e o filho, o Amâncio, era de feições agradáveis. Dependendo do olhar, poderia ser considerado um rapaz bem bonito.

Minha mãe não disse muito mais do que isso e, silenciosa como veio, ela se foi.

Ontem mesmo, enquanto minha mãe descia as escadas, jurei que jamais botaria os olhos na cara do meu pai. Hoje de manhã recebi o café no quarto, mas na hora do almoço ninguém subiu até aqui. Fiquei de jejum. Deve ter havido alguma proibição.

Agora já passa muito das oito horas e percebo que não serei convidada para o jantar. E eu, na verdade, posso muito bem dominar a fome. Quero ver, isso sim, aqueles dois dominando o remorso. Não quero sair viva deste quarto. Minha vontade de morrer é culpa deles, que tornaram minha vida esta merda que vejo em meu futuro.

Não consigo parar de chorar, mas eles hão de chorar muito mais do que eu. A não ser que não tenham um mínimo de amor pela filha que levaram à morte.

Capítulo 6

Chego à sala de jantar e vejo postos quatro pratos com os respectivos talheres, então sinto um repuxo no meu braço direito, o de segurar, como se ele quisesse fugir do meu corpo. Minha mãe, que está à minha espera, fecha os olhos, longo piscar, inclina a cabeça, lenta, e entendo que ela me pede paciência.

No dia seguinte à confabulação entre meu pai e o Osório, fiquei sem almoçar, esperando inutilmente que uma das gêmeas me levasse o almoço ao quarto, e por vingança desejei encher meus pais de remorso por causa da minha morte. Chorei inundações de choro imaginando-me no esquife exposto no meio da sala, o cheiro forte de flores murchas misturado à fumaça dos quatro círios dispostos num quadrilátero que deveria ser a moldura diáfana que me envolvia. Meu rosto de cera, pálido e rígido, meus dedos cruzados sobre o peito, e gente, muita gente lancinando com gritos e gemidos os ouvidos dos culpados pela morte de uma jovem ainda na primavera da vida.

Eu estava decidida a jamais voltar ao térreo para não ter de suportar seus rostos cínicos. Por isso desejava morrer.

Depois eu soube que o doutor Madeira deixara instruções expressas: ninguém vai levar comida pra cima.

Eram mais ou menos quatro horas da tarde, e a casa estava em silêncio. A limpeza dos cômodos superiores tinha sido feita pela manhã, e os ruídos lá de baixo me chegavam amortecidos pela distância. A passagem de algum carro pela rua, um grito agora outro depois dos moleques na rua eram os únicos sinais de vida a que eu tinha direito estendida na cama.

Cansada de carpir minha própria morte, cochilei, e no meu cochilo pareceu-me ouvir leves toques na porta. Os toques tornaram-se insistentes e mais fortes. Abri os olhos procurando me situar, quando me lembrei de que momentos antes estivera implorando a intervenção da morte para me livrar de tantos males. Mas não era sonho. Alguém batia à porta com batidas que tão bem conhecia. Se tivesse esperado um pouco mais, não teria pulado da cama para abrir a porta.

A tarde estava fria, e aquela bandeja com chocolate soltando vapor e umas tantas fatias de bolo tornou-se a mais bela paisagem que me apetecia ver naquele momento. Ela entrou com seus passos de anjo, depositou a bandeja sobre o criado-mudo, pegou minhas duas mãos e me perguntou se eu preferia que ela fosse embora. Quase enforquei minha mãe com meus braços em volta de seu pescoço. Derrubei-a sobre a cama e pedi que ficasse. Eu já estava cansada de ficar sozinha.

À noite não desci para o jantar, cumprindo meu juramento de nunca mais lançar os olhos sobre o rosto de meu pai, o algoz. Ele, o poderoso, mal podia imaginar que suas ordens nem sempre encontravam cumpridores obedientes. Durante o bolo com chocolate, fiquei sabendo que o Osório tinha saído com a missão de conversar com os pais daquele Amâncio e com o próprio.

Minha mãe perdeu o capítulo de sua novela, ontem à noite, tentando me consolar. Ela passava a mão na minha testa e nas minhas faces, me enxugava as lágrimas até que não restasse mais nenhuma. Me fez prometer que voltaria ao térreo e à mesa de refeições da família. Imaginei que poderia executar a tarefa: bastava não olhar mais para o monstro.

Mas por que quatro pratos à mesa? Imagino que se vai prestar alguma homenagem aos bons serviços do Osório, mas não me ocupo mais do fato por ser comum, na casa de meus pais, receber pessoas para as refeições.

Em seguida chegam os dois, o doutor Madeira conduzindo um rapaz pelo braço, os dois nos cumprimentam sem muito calor, e tomamos os lugares que minha mãe indica. Já vi esse rapaz aí, não consigo me lembrar exatamente quando ou onde porque ele é meio apagado e se mistura com facilidade à multidão. Uns traços que não chegam a ser desagradáveis, mas longe de ser um tipo atraente, desses por quem uma mulher é capaz de se apaixonar. Ele, mastigando, tem o ar sofrido de quem está sendo forçado a um imenso sacrifício. Não sei por quê, mas me ocorre a palavra patíbulo. De onde me vem isso?

Pato assado com batata sotê, como eu gosto, meu Deus, e o molho com alcaparras. Acho que por baixo do rosto ele acaba de me olhar. Pela primeira vez. Também finjo que não observo o Amâncio esse aí, mas acompanho cada um de seus movimentos. Meu pai deve estar é louco, se pensa que vou amarrar minha vida a um Amâncio que ele foi desentocar no meio do mato.

Raramente tenho visto o poderoso doutor Madeira tentando ser tão simpático a alguém como ele vem tentando desde o início deste almoço. Puxa conversa, pergunta sobre safras, quilos e preços. Depois, para não cansar o genro de sua eleição, pergunta sobre pai, mãe e irmãos. Meu pai enche a boca e sacode a cabeça brilhante de sorriso à mostra, concordando, erguendo as sobrancelhas em fingida admiração, tentando mostrar que o bicho por ele desentocado no meio do mato (ele conhece meus pensamentos) não é tão bicho como devo estar pensando.

Na sobremesa, pavê de morangos. Meu querido pai é um maestro genial. E minha mãe, no comando da Nilce e da Nilza, exerce um papel subalterno, mas eficiente. Este foi um almoço sugerido por ele, planejado pela esposa e executado pelas gêmeas. Do que mais ela gosta, hein?, parece que o estou ouvindo perguntar.

E já que resolvi descer para o térreo em lugar de morrer, libero meu demônio da gula e aproveito os regalos fingindo que não imagino as intenções de tudo que acontece nesta casa.

O Amâncio aceita o licor de anis e eu passo. Muito mais a fim é de um cafezinho que está à minha espera na cozinha. Dom Madeira se levanta um pouco vermelho, expulsa o pigarro e troveja para que eu, já de saída atrás do meu café, também ouça, Bem agora temos alguns negócios a tratar. Pode vir comigo, Amâncio?

E lá vão eles, meu pai à frente seguido de seu futuro genro, negociar as condições de minha venda.

A última vaca que ele vendeu foi uma da raça holandesa, úbere de uns quarenta litros, que o Estefânio Alvarado insistiu em comprar para melhoria de seu plantel leiteiro. Foi quase uma tarde toda de negociações. Quando o Amâncio saiu, espiei pela janela do meu quarto, trocava umas pernas bambas de tão bêbadas.

Capítulo 7

Aos poucos, na penumbra em que me deixa a janela protegida por sua cortina, aqui no meu quarto, reconstituo as conferências de meu pai no oco indevassável de sua saleta das sérias decisões. A mamãe me revela alguma coisa, aquilo que pode sem ofender ou descontentar seu marido. O restante descubro pelo movimento das águas, que não têm alternativa senão correr sempre para o mar.

Nesse jogo, tenho gastado boa parte de meus dias, mas ele me diverte muito quando descubro os lances que deveriam permanecer secretos. E isso porque descobri que não tenho muita vocação para o choro. Nunca fui muito dramática, essas coisas me cansam.

Imagino esse pobre rapaz, o Amâncio, ouvindo calado a proposta caudalosa do doutor Madeira para que se case comigo. Todas as vantagens. Apenas vantagens. Tornar-se marido da única herdeira de uma fortuna que ninguém pode calcular. Investir-se de uma parte do poder político, social e econômico do futuro sogro. Depois de uma longa exposição de argumentos, desde o início e em silêncio aceitos, com a timidez normal das pessoas que devem tratar com meu pai, ele gagueja pra perguntar, Ma-ma-mas e ela? Ele quer, mas hesita. O doutor Madeira sabe que tem o controle total da situação. Ela faz o que eu mandar, deve ter respondido, e com alguma razão.

Uma entrevista. É o máximo que o filho do mato tem coragem de pedir. Com todas as garantias de que o nome da virgem será preservado. Uma entrevista na sala com todas as portas e janelas abertas. Para que ninguém saia dizendo as invenções normais num caso destes. Mas não, meu pai não está mais preocupado em manter para mim uma imagem de virgem, quando a cidade toda divertiu-se por bastante tempo com a história do Teodoro, nossa fuga. Ele sabe que foi assim.

Numa demonstração da sua generosidade e de extrema confiança no futuro genro foi que a entrevista aconteceu na saleta sem janelas e com uma porta de quatro polegadas trancada por dentro.

Achei um tanto repulsivo o papel de alcoviteira desempenhado por minha mãe, me alertando sobre as ameaças de seu marido, Nunca mais bota os pés na rua, se não aceitar, levando-nos à saleta e dizendo que ficássemos à vontade. Saiu batendo a porta atrás de si, acredito que sua testa e suas mãos suavam, pois deve saber muito bem o que é uma cafetina.

Eu encarava tudo aquilo como uma brincadeira, menos séria do que as casinhas com minhas bonecas, quando imitava com afinco os adultos. Agora eu imitava a mim mesma, imaginando que voltava a brincar de casinha.

Sentado com a ponta da bunda na beirada da poltrona, o Amâncio a princípio não conseguia me encarar. Achei graça e tive vontade de rir, mas fingi a seriedade majestosa de quem está prestes a definir seu futuro. Ele mantinha os dedos cruzados e as mãos sobre as coxas. Em sua cabeça inclinada pareciam ferver milhares de pensamentos ou, pelo contrário, aquela era uma atitude que revelava um grande embaraço, a mente contraída, vazia, sofrendo o abatimento da circunstância. Apenas sofrendo.

Tive de tomar a iniciativa e o fiz com voz tão doce que me causou desconforto. Queria praticar aquele jogo, mas preferia não me tornar ridícula. Você deve ter pedido a meu pai esta entrevista antes de dar sua resposta, não é isso? Nu como ficou, ele sofreu um abalo, ao me ouvir, e gotículas de suor começaram a aparecer em sua testa.

Que sim, era isso mesmo. Não abriu muito os lábios, apenas o suficiente para concordar comigo, e, concordando, desatar o nó que o mantinha mudo. Enfim, ele disse, e agora com passagens rápidas de seus olhos pelo meu rosto, preciso saber se você concorda com as propostas feitas por seu pai.

Lentamente o Amâncio começava a crescer, desenrolado, formando uma figura que eu não tinha imaginado. Quando pensei que estivesse com o jogo sob controle, eis que ele, embora ingenuamente, me atacou com aquela pergunta indireta.

Corro até a janela pra ver o ônibus da tarde passar. Seu ronco excita meus nervos porque me faz lembrar minha situação nesta casa, cercada por esta cidade com limites que me deixam imóvel. Ele vem dos fundos da cidade, passa pela praça, desce até a baixada e sobe na direção da Vila da Palha. Conheço seus movimentos, e cada vez que passa leva com ele um suspiro que não consigo evitar. Lá vai ele disposto a enfrentar a estrada e os caminhos de terra das diversas vilas antes de chegar a Porto Cabelo. Seu azul sujo de barro e o vidro traseiro dando alguma notícia mal escrita somem perto da delegacia. Agora nem seu ronco ouço mais. Meu pai nos salvou na estrada. Dentro do camburão, tudo escuro, brilhou sua voz dando ordens. De repente, o clarão do dia, que nem era de sol, e muitas mãos me arrancaram daquele oco horrível.

Titubeei um segundo, achando que ele tinha levado vantagem com aquelas poucas palavras. Então me lembrei de perguntar, Mas e você, o que você acha disso tudo? Acho que meus olhos dispararam faíscas e meu rosto esplendeu esperteza.

A conversa ia ficando complicada, mais difícil por causa dos olhos do Amâncio, que agora não me largavam mais. O que estaria se passando na cabeça daquele rapaz para me encarar tão fixamente daquele jeito?

Desta vez fui eu a desviar os olhos, pois ele demonstrou não estar tão perdido como eu vinha pensando. Por mim, e sua voz, embargada, não conseguiu esconder a emoção, eu casava e era agora mesmo, mas não contra sua vontade.

Dentro da saleta não se ouvia qualquer ruído que viesse do exterior, não se via o dia, se chuvoso ou ensolarado, não se tinha noção de tempo, nada mais existia a não ser aquela incômoda intimidade: nós dois. Era uma experiência nova e confesso que me perturbava um pouco. Como presos numa cela, além das duas poltronas, da mesinha nua e do barzinho com bebidas, tínhamos apenas um ao outro para pousar a vista. E agora, presa numa paisagem pobre daquelas, o que poderia dizer a meu pretendente?

Desde o início pensei que o manteria acuado, ele presa de sua própria timidez, agora começava a encontrar uma resistência impensada. Depois daquela afirmação de que casava e era agora mesmo, que me restava dizer que não fosse a verdade? Olhe aqui, Amâncio, por minha vontade não caso. Eu nem conhecia você antes desse imbróglio que meu pai vai armando.

Percebi que o rapaz empalideceu.

O Amâncio levantou-se muito sério e com muita dificuldade pediu desculpas por ter tomado meu tempo.

Então quem se sentiu aflita fui eu. Contrariar a vontade do todo-poderoso atrairia sobre mim sua fúria e as consequências da fúria do doutor Madeira podiam ser terríveis. Espere aí, eu disse, sente e vamos conversar melhor. Minhas mãos e meus lábios tremiam. Ressentido com a rejeição, o Amâncio não sentava. Você não acha, finalmente perguntei, que a gente precisava se conhecer melhor? Ele não respondeu, a mágoa escorrendo de seus poros com o suor abundante. Mas também não moveu os pés, colados no soalho pela esperança de vislumbrar um final menos melancólico para a entrevista.

Ficamos muito tempo quietos, ele de pé na minha frente, o cérebro encolhido numa espera sem nenhum conforto. Quanto a mim, minha mente repetia, E agora? E agora? E agora?

Eu não esperava que o bicho do mato fosse capaz de se comportar com aquela dignidade magoada, por isso comecei a sentir pena do rapaz. Então perguntei se ele estava com tanta pressa assim. Foi o que me ocorreu perguntar para ter de volta o controle da situação.

– Bem, você foi bastante clara, e me parece que sua resposta encerra nosso assunto.

Sugeri com voz humilde que conversássemos mais um pouco como bons amigos. De pálido de decepção passou a vermelho de raiva, e me jogou no peito umas palavras rudes e ásperas querendo dizer que não tinha vindo em visita de amizade.

Foi difícil convencer o rapaz a sentar novamente, mas por fim ele concordou. E se a gente começasse alguma coisa assim como um namoro, eu sugeri, com encontros em outros lugares, passeios pelas fazendas, visitas a conhecidos. À medida que eu falava, percebi que sua tensão ia-se desmanchando. Eu precisava ganhar tempo e repelia a ideia de ficar mais presa do que já estava em minha casa. Uma ideia escura, fingindo-se de relâmpago, cruzou de ponta a ponta a minha consciência: ele tem cara de quem vai morrer.

Para meu susto, o Amâncio levantou-se estabanado, pegou minha cabeça com as mãos e me esmagou os lábios com os seus, num beijo demorado a que resisti no início, tentando fechar a boca, grunhindo como um animal, mas aos poucos cedi, correspondi com língua esperta, e terminamos abraçados.

Antes de sair, ofegante e de pernas bambas, ele se virou e disse:

– Agora nós somos namorados.

E puxou a porta me deixando sozinha na saleta.

como é possível que ele me ame. Possível, mas não posso ter certeza, pois ele mesmo declara que entra na fortuna da família, fator que não é de se desprezar.

Os dois sentados na sala, os outros filhos nos galpões, na lavoura, todos ocupados com a vida, então era a oportunidade de falar. Amâncio ficou sentado na frente dos pais, que tinham às costas pendurados na parede retratos antigos, retocados seus bigodes e sobrancelhas, como prova de três gerações criadas com muito esforço em trabalho honesto.

Quando terminou de expor suas razões, o pai cofiou no queixo a barba de seus antepassados que apenas o gesto lembrava. Pigarreou duas, três vezes, pensando. A mãe deixou o rosto descair, os olhos úmidos.

– Você conhece o passado dessa moça, meu filho?

Começo a me irritar com essa recusa de uns broncos alegando meu passado. E tenho a impressão de que o Amâncio percebe meu rosto alterado. Ele se apressa, pois quer saber que peso tem o passado em minha vida. Sim, minha vida atual, a que estou vivendo.

Peso nenhum, respondo com rispidez. Eu era uma criança e cometi uma besteira. Não pretendo passar o resto da vida pagando por um ato infantil.

O Amâncio sorri satisfeito. O semblante tenso abre-se como um sol nascente. Foi isso mesmo, ele diz, isso mesmo que eu respondi.

Por fim, depois de pausas e pigarros, o pai levantou-se para acabar com aquele ar solene, e, pegando o chapéu de cima da mesa, disse, Bem, se a menina está de acordo, se é do gosto dela, então vocês têm a nossa bênção.

O modo simples como fico quieta, os olhos meio abertos e parados, a boca sem azedume, provoca em Amâncio um furor de desejo amoroso que ele se levanta brusco pra me beijar os lábios, por onde enfia sua língua, que eu sinto me penetrar. Ofegante ele dá um passo para trás e me olha como se me engolisse.

A lagoa se encrespa com ondas muito pequenas, e a brisa que varre sua superfície chega até meus braços. As jovens copas se agitam sonoras, as sombras estremecem, o mundo muda de cor. Lá em baixo, na beira da lagoa, um vulto passeia com passo arrastado.

Tenho a impressão de que é o vulto de alguém já visto antes: aquele andar claudicante.

O Amâncio está com a testa suada, e seu rosto todo, afogueado, exibe uma felicidade impudente que se torna uma alegria insatisfeita. Senta-se novamente ao meu lado e começa novo relatório. Esteve conversando com os amigos, os poucos que mantém na cidade. Todos eles conhecem a história do malabarista. Ele aponta para o meio da lagoa e me informa: Ali, ó, onde a superfície está crespa.

Alguns de meus amigos, ele continua, ficaram sem saber o que pensar. Ou dizer. Me perguntaram se eu conhecia a história do circo, e eu respondi que sim. Então, me disse um deles, cada um sabe de sua vida. Que eu vá em frente porque ninguém tem nada com isso.

A figura claudicante, que passeava em sentido paralelo à lagoa, para um tempo, muda de rumo e parece que vem agora em nossa direção.

O Amâncio ainda não percebeu que estamos sendo vigiados de longe. Outros amigos, começaram a brincar botando a raiz do indicador na testa e mugindo.

Finjo que a conversa me irrita, que essas brincadeiras ofendem minha pureza, por isso fecho o semblante e enrugo a testa, esses cretinos, e me levanto ameaçando ir embora. O Amâncio me segura pelo braço, preocupado. A história me diverte, pois os amigos do Amâncio são todos uns simplórios que eu boto a correr na hora que me der vontade. A opinião deles a meu respeito nunca me afetou. Me desculpe, ele diz, não falo mais sobre essas coisas.

Meu namorado me puxa, com as mãos e com os olhos, para que eu volte a sentar a seu lado, mas com um gesto indico o molambo que já consigo reconhecer. É a mesma velha, que do portão da nossa casa, me observava no dia da minha chegada. A vinte passos, ela se escora em uma árvore e nos observa. Seus olhos escuros, a boca de poucos dentes, os cabelos desgrenhados, de onde pendem fitas coloridas, os andrajos que veste, a sujeira, tudo isso me causa náusea e sou obrigada a desviar a vista.

Ninguém sabe, responde Amâncio, mas todos conhecem.

Peço para ir embora e nos retiramos rapidamente sem olhar pra trás.

Capítulo 9

Minha mãe já passeou duas vezes sua curiosidade pela sala e desapareceu no interior da casa. Agora ela volta pisando com pés de anjo. Como é discreta, finge-se distraída com móveis e desatenta a minhas palavras e risos. Ela passa o indicador sobre a superfície brilhante do console e finge que examina a ponta do dedo. Eu podia ligar da extensão no quarto, mas gosto é gosto, e meu gosto é falar ao telefone deitada neste sofá. Com as pernas para o alto, como a gente vê na televisão.

A Sueli não para de falar do último namorado, e eu aqui esperando uma brecha pra contar minhas novidades. Sei, sei. Comissário de bordo, sim, é verdade, o mundo todo e semanas que não aparece. Claro, entendo. Sim, Cássio, suvenires dos quatro pontos cardeais: as lembranças. Ouro, prata e pedras preciosas: as joias. Caramba, o que foi que deu nela, virou dondoca?

Está começando a escurecer, e prefiro que meu pai não me ouça falando desse casamento. A Rosa chega do quintal com gritinhos por causa do cabelo molhado, ela bate no vestido com as mãos espalmadas achando que expulsa os pingos de chuva que sumiram em sua roupa. Estou perdida no vazio do dia, não tenho mais noção de tempo.

Acho que o assunto dos namorados se esgotou porque a Sueli passa sem pausa para seu trabalho de engenheira e se põe a me contar do que gosta e das atividades que tem de suportar como chefe de um departamento. Diz que detesta algumas coisas, mas diz com muito entusiasmo. Ela se orgulha do que vem conseguindo conquistar: homens e funções.

Uma pessoa como ela, que, cinco minutos depois de tantas declarações de futilidade, se transforma em valente guerreira com disposição para conquistar o mundo, uma pessoa assim como é que pode conciliar suas metades tão desconjuntadas? Um projeto de pesquisa. E a Sueli, alegre e solta, moça independente, liberada, mas com os pensamentos tão cheios da humanidade, suas preocupações na hora de pensar a sério? Quase não reconheço minha amiga. Nem a dondoca, tampouco a chefe de departamento. De que se esconde a Sueli usando como tática a ambiguidade? Ou somos todos assim, seres múltiplos, que não cabem numa definição?

Finalmente ela faz uma pausa cheia de cansados suspiros e depois me pergunta como estou, o que tenho feito ou pretendo fazer. Se vim pra ficar de vez, ou apenas passeio por aqui. Seu repentino interesse por minha vida me conforta – nossa amizade posta em movimento.

Começa a entrar um ar frio e úmido pela porta e não aparece um único desses semoventes domésticos para fechá-la. Peço um tempinho e explico a situação. Mas não desliga, não, ouviu? Tenho muito que te contar.

Volto a esmagar a orelha contra o fone e encontro a Sueli trauteando alguma coisa que desconheço, e apenas digo Oi, para que ela se ponha de atenção de pé. Ela me ouve uns segundos, então começa uma gritaria histérica, que onde já se viu, você está ficando louca, essa viagem te transtornou, não faça uma coisa dessas. Espero que ela absorva a ideia de meu casamento ou canse de seus gritos, e a ouço arquejar inteiramente abatida pela paulada que recebeu. Calma, repito várias vezes, calma que tem história. Depois de um tempo caladas, nós duas, tempo em que só se ouve sua respiração asmática, ela pergunta, Que história é essa?

A reação da Sueli me decepciona um pouco. Acostumada com sua liberalidade, suas ideias avançadas a respeito de intolerância e intransigência, descubro em minha amiga os traços de uma intolerância que ainda não havia notado. Ela, que sempre acusou a sociedade de intolerante para com suas liberalidades, seu modo de vida com regras que ela mesma inventa, agora se trai intransigente com questões tão corriqueiras como é o casamento, esse costume quase natural.

Primeiro eu relato com detalhes o almoço, com o rapaz à minha frente, um modo de botá-lo como paisagem obrigatória. Seu jeito acanhado, atrapalhado com os talheres e taças, me copiando em tudo que eu fazia. Depois a conferência na saleta para tratar de negócios em que eu estava envolvida, como adivinhei. Começamos a soltar as gargalhadas em homenagem à minha história.

A entrevista que tivemos na saleta, com aquele beijo final, furioso, violento, com o qual nos tornamos namorados, coloriu um pouco a história, que ficou ainda mais alegre, arrastando a Sueli para meus pontos de vista a respeito da vida.

O melhor está recém começando, anuncio cheia de glória. Tem mais ainda?, a Sueli pergunta saboreando com gula minhas palavras.

Depois de nos declararmos namorados, com pompa como convém, continuo relatando, a prisioneira viu-se mais livre do que uma andorinha. Começamos por uma visita a seus pais, que me olharam silenciosos, desconfiados, mas com respeito. Era a filha do doutor Madeira entrando para sua família, se bem que em condições não muito normais. Depois disso, cinema todo dia que me apetecesse, piscina no clube, passeio a Porto Cabelo, sozinhos, bailes e tudo que você possa imaginar.

A Sueli escutou, então fez Ih..., Ih o quê?, perguntei. Nada, arrependeu-se a Sueli. Então respondi quase indignada, Ora, o dia inteiro perambulando à minha vontade, à nossa inteira vontade, o que você acha? Que ainda é nada?

Ela pensa um pouco, Não, você tem razão. Mas aí, nesse ermo, vocês não têm muito que fazer, não é mesmo? Minha amiga, mesmo quando cai, fica de pé.

Por fim, conto que no início ele me parecia muito acanhado, mas acabei acostumando com seu jeito, pelo menos ele é meu pretexto pra sair de casa a hora que quero e me divirto bastante com o modo sério com que ele está encarando este casamento.

Agora começa a trovejar muito perto e me despeço da Sueli com toneladas de beijos porque tenho medo de algum raio na linha.

Capítulo 10

A promessa foi de meu pai, quando me abordou pela primeira vez para tratar do assunto. Sua generosidade cresceu, tornou-se ilimitada, à simples ideia de estancar o fluxo dos prejuízos a seu nome causados por sua única filha. E mais, em sua mentalidade ainda cabia uma possível compensação pelos danos sofridos – mulher, quando casa, apaga o passado. Uma noite, pediu que eu ficasse à mesa depois do jantar. Sério, um pouco ansioso, talvez, como raramente acontece, ele disse, Então, quer dizer, hein, que o casamento pode ser marcado? Anuí com movimentos de cabeça, um modo de mínima concordância. Ele se abriu num sorriso vigoroso entre os dentes brancos e duros, mas um sorriso paternal. A filhinha, ele disse com minhas mãos presas nas suas, vai casar com um homem de respeito, proprietário, com residência conhecida e sabida. Pode sonhar com o que quiser. Este vai ser o casamento do século.

Mas o que é minha vida, senão um sonho em que quase tudo acontece fora de meu controle? Quanto desta vida acontece por deliberação minha? Quanto escolho, quanto sou escolhida? O acaso, sim, o acaso me arrasta por caminhos fáceis margeados de flores ou estreitas veredas entre urtigas e espinhais sem que eu possa mudar a direção da viagem. Sonâmbula, venho vivendo meus dias sobre pés que de tão leves não me prendem ao chão. Aceitei casar como aceitaria um passeio, sem nada que me impeça de gozar cada instante como se fosse o único. Porque é.

Dona Júlia me abraça com os olhos encharcados e bagas de suor na testa. Ela está destroçada, mas feliz. Meu pai há poucos minutos avisou que o carro vinha entrando em Pouso do Sossego. O povo todo da casa, alguns vizinhos, muitos amigos vieram todos ocupar a escadaria da frente do sobrado. Não sei como a notícia chegou até esse povo. O fato é que nos invadiram e tomaram conta da nossa recepção. O Francisco, coitado, está furioso porque andaram pisando seus canteiros ao lado do caramanchão. Ele não se conforma e fala alto pedindo mais cuidado com suas plantas.

Minha mãe só larga meu pescoço porque o Maurício vai correndo abrir o portão. O carro diminui a marcha e entra no quintal. O povo inicia uma gritaria alegre misturada com aplausos, e eu saio na frente porque quero ser a primeira a abraçar o padre Ramón Ortega. Que eu sonhasse o que quisesse, ele ofereceu com sua voz de ameaça. Então, no sonho que meu pai permitiu, eu disse que não casava pelas mãos deste padrezinho careca, de olhar lúbrico. Ele que mandasse vir da Espanha o padre Ortega, que, apesar de bravo, é um santo.

Abro a porta do carro e recebo a mão envelhecida que no passado tantas vezes beijei pedindo a bênção. Padre Ortega me abraça e chora com lágrimas grandes, e me beija o rosto dizendo, Esta menina, esta menina!, novamente com seu sotaque de cigano. O povo em nossa volta delira, joga o que tem nas mãos para o alto, dá vivas ao padre que batizou quase todas as pessoas vivas desta cidade. E eu, no meu sonho, só não flutuo porque me agarro nesta mão em que a velhice ressecou a pele e pintou pequenas manchas escuras. Eu a beijo com amizade.

Meu pai, que deve ter-se fartado de abraçar o amigo no aeroporto, fica de lado olhando, poderoso e feliz, pois sabe que pode fazer coisas que só ele mesmo pode fazer.

Egoísta, quero levar o padre Ortega para dentro de casa, para desfrutar sozinha de sua companhia, mas as pessoas, essa multidão aí, faz uma fila imensa para abraçá-lo. A saudade de cada um se soma numa grande manifestação de saudade coletiva. Uns riem, outros choram, parece que todos gritam, me sinto atropelada, fora do centro a que tenho direito, porque é meu, e ressentida subo a escadaria e me escondo na sala. Um absurdo: ele está aqui por minha causa e essa gente aí me rouba o sonho julgando-se com direito sobre ele.

Minha mãe vem atrás de mim, que eu sumi. Ela vem com o rosto porejado de suor, afogueado, numa excitação que eu desconhecia. Nestes últimos dias, ela se transformou em dona Júlia por causa das providências. Comandou o tempo todo a preparação da festa de boas-vindas.

Ela senta a meu lado no sofá, me encara muito patroa e pergunta o que foi, você sumiu? Não posso explicar a ela este acesso de ciúme ao compartilhar meu triunfo com pessoas que mal conheço. Não posso dizer a ela que às vezes sinto necessidade de usufruir o que é meu sem testemunhas. Muito cansada, eu digo, e minha voz cochichada nasce na boca, confirmando o que acabo de dizer.

A Nilza aparece na sala com aquela cara de espanto que nunca abandona as gêmeas. Sei que é ela porque seu nome está bordado no avental. Consulta minha mãe sobre as carnes e os molhos, o gosto do padre Ortega. Dona Júlia pensa um instante e manda a cozinheira consultar a Clara. Espera que a moça desapareça na porta e me diz baixinho que já não tem cabeça para essas coisas da casa.

Meu casamento é uma revolução que faz muita gente crescer nesta casa. E crescer, cada um cresce procurando sua posição no mundo, seu amadurecimento. Meu pai já não trata os outros com tanta grosseria e aspereza, até um pouco macio, ele. Minha mãe, que se transformou em dona Júlia, criou durezas na voz e no olhar, e ergue a cabeça quando manda, seu gosto mais recente.

Conheço apenas algumas das pessoas que enfiam a cabeça pela porta da frente para dizer adeus à dona Júlia. Tenho certeza de que a despedida é pretexto para me espiarem. A cidade toda me espia. Aonde vou, há sempre pares de olhos vorazes querendo saber o que faço ou não faço.

Finalmente, do quintal só entra uma aragem silenciosa, e o padre Ortega, seguro pela mão grossa e firme do doutor Madeira, assoma à porta. Um pouco arqueado, mais magro e descolorido. Seus óculos me encontram aqui sentada e ele sorri. Então me levanto e vou buscá-lo na porta. Ele repete, Esta menina, esta menina!, e sua voz, agora, é um trovão de tormenta que já vai longe: uns ecos. Com a mão ainda grande me aperta as bochechas e afirma contente, Pois eu pensava que jamais volveria a verla.

Padre Ortega senta-se numa poltrona perto de mim e começa a contar como é a vida em Cabañas de la Sagra, praticamente uma aldeia, em companhia de um casal de irmãos e seus filhos, criadores de porcos. E aqui ficamos, de ouvidos abertos, ouvindo, enquanto não nos chamam para o almoço.

Capítulo 11

Agora nossas conversas podem ser na sala, oficiais, ou qualquer lugar onde o espaço nos acolha. Temos muito assunto, sobre fatos e opiniões, enfim, somos duas pessoas que até umas poucas semanas não se conheciam e estamos combinando um futuro a quatro mãos. Sou folha seca e solta, que o vento carrega por onde quer. E pouco me preocupam os rumos, pois, se pousar em lugar errado, o vento sozinho terá de arcar com a culpa. Mesmo assim, brinco de colaborar obediente e aceito os acertos, que ajudo a consertar.

Esta sala, hoje, tem muita testemunha atravessando-a com passo apressado e nossos assuntos ficam prejudicados. Chamo o Amâncio para perto da janela, bem longe da passagem das pessoas, e ele continua a me contar sua história.

Espero desaparecerem por instantes os empregados, espavoridos com a proximidade da festa (meu pai vai anunciar nosso noivado), e grito irritada um grito vermelho no ouvido do meu noivo, Se está arrependido, a gente acaba com tudo isso e é agora mesmo. Ele se amua, mudo, o olhar perdido no jardim, os olhos à beira das lágrimas. O Amâncio se engole com as palavras que não diz. Seu rosto, seu corpo irradiam uma febre violenta, vestígio de alguma fornalha acesa em seu interior. Eu só queria que você soubesse, ele gagueja depois de enorme silêncio. Ainda ríspida declaro que não quero saber mais.

O Amâncio, enquanto estivemos sentados no sofá fingindo ver televisão, fez um relato minucioso de seu dia anterior, em que tinha saído na caminhonete de seu pai distribuindo os convites para a festa a seus amigos sitiantes. Mas vê lá, tinha dito dona Júlia, minha mãe, cônscia de sua posição social, vê lá quem você convida.

O dia inteiro sentando, tomando café com biscoito, conversando com os convidados, até que uma das últimas casas era de seus amigos Joel e Demétrio, deixados para o fim por serem os mais íntimos. Os três, à sombra de um caramanchão ao lado da casa, começaram conversas de rapazes, que são conversas alegres, com a sonoridade de muitos risos. Então Amâncio entregou o envelope com o convite ao Joel, o mais velho, e ficou esperando. O Joel abriu, leu, e passou para o irmão. Ninguém mais riu.

Foi como se anoitecesse antes do tempo. Os pardais amontoaram-se nas copas fechadas disputando espaço com gritaria; as vacas, a passo lento, vinham mugindo na direção do curral; seus bezerros berravam desesperados; as galinhas sumiram do terreiro, empoleirando-se nos galhos mais baixos do pomar; uma grande nuvem, como um edredom escuro escondeu o sol.

O Joel foi quem pigarreou primeiro e, com o convite de volta nas mãos, disse com voz que subia frágil do fundo, lá dos intestinos, Não faça essa bobagem, Amâncio, ainda é tempo de desistir. O Demétrio não dizia nada com a boca, mas seus olhos, sua cabeça sacudindo, concordavam com o Joel. Tinham ouvido falar naquela história do casamento, sim, mas tinham duvidado.

O que eles sabiam, respondeu o Joel, é que você tinha ido para o exterior com um filho no bucho e que, pelos boatos, tinha deitado na cama de quanto rapaz quisesse em Pouso do Sossego. E você acreditou nesses babacas?, pergunto mais calma.

Recupero meu bom humor e pego a mão suada de Amâncio, com sentimento que beira o dó. Claro que não, ele responde me olhando nos olhos por dentro de duas lágrimas, eu mandei os dois à merda e saí de lá brigado com eles.

Não fosse o propósito de me divertir muito desde o início desta história de casamento inventada pelo doutor Madeira, pai meu e meu proprietário, a esta hora estaria penalizada, secando com beijos as lágrimas do Amâncio. De costas para a sala, ele tenta esconder a cabeça e os ombros além da janela, sobre o canteiro de amores-perfeitos que minha mãe exigia do Francisco.

Sofrendo por amor, o Amâncio perde bastante de sua rusticidade e toma uns ares compungidos de herói romântico, ridículo demais para meu gosto. Às vezes ele não tem medo de ser o roceiro rude que é, e toma umas atitudes mais violentas que me agradam mais. Foi assim no dia em que, de surpresa, segurou minha cabeça e me aplicou aquele beijo que até hoje sinto nos lábios. Também me surpreendeu no dia em que me deitou em cima de um monte de palha seca de um galpão e ali, como bichos, transamos com desespero de tanto desejo represado.

Espero que ele se enxugue – o rosto molhado – e o convido para sairmos um pouco. Este sobrado, em alguns dias como hoje, me esmaga, não me deixa respirar direito.

A Clara diz que minha mãe está fazendo a sesta e que vai dar o recado. Embarcamos na caminhonete como se estivéssemos em fuga, precisados de ar no rosto, de céu aberto e campos a perder de vista. Nem sempre consigo manter o espírito de brincadeira com que tenho encarado as urdiduras de meu pai, então me desconheço, me angustio e paro de sonhar.

Capítulo 12

Este sol está brando e a brisa é apenas fresca, como é preferência da primavera, quando ele amolece os raios sem aspereza, por isso não nos importa muito sua entrada pelas janelas abertas, de esguelha, e pela porta da sala, a porta principal. Padre Ortega está contando o que viu pela cidade hoje de manhã e o que sentiu no povo assustado com as notícias e boatos que há uma semana vêm sendo propagados por ruas e becos, pelas praças e lojas, pelos sobrados e barracos da cidade. Há quem veja nas notícias o sinal de novos tempos, a chegada, finalmente, do progresso. Outros, entretanto, encolhem-se frementes com medo da invasão, as mudanças que ninguém nem pode imaginar. Até briga na barbearia do Leôncio já aconteceu: uma orelha costurada pelo doutor Murilo. O medo das novidades provoca uma excitação histérica a tal ponto que deixa infeliz uma boa parte do povo.

O padre Ramón Ortega aproveitou a manhã fresca para percorrer caminhos conhecidos da cidade onde predicara por mais de cinquenta anos, visitando ovelhas de seu redil, sobretudo as mais próximas, aquelas que vinham comer o trevo em suas mãos. Para o almoço, era o convidado de seu amigo Estefânio Alvarado. Lá também se comenta a presença desses dois homens na cidade, mas entre os Alvarado não existe medo nem euforia. Padre Ortega sorri como se tivesse estado lidando com crianças crédulas e ignorantes durante toda esta manhã. Ou medo ou euforia. É um sorriso malicioso, como eu não me lembrava mais que às vezes era o seu. Meu pai, mais por exercício de manutenção do poder, demonstra algum interesse pela conversa. A mamãe, coitada, presa à sala em sua hora da sesta, disfarça alguns bocejos, solta uma palavra de cinco em cinco minutos, porque seu poder, ela o sabe muito bem, é exercido no território cercado pelos muros do sobrado.

– Mas enfim, pergunta o doutor Madeira, o que foi que até agora esses dois conseguiram?

Padre Ortega ergue as sobrancelhas, e seus olhos, que se espremem por trás de grossas lentes, parece que vão furar as pessoas com quem ele conversa. Sua careta me faz rir e ele percebe, retribuindo meu riso com uma carícia no meu queixo. No primeiro dia, ele conta o que ouviu, estiveram na prefeitura pedindo dados: população, território, economia. Eram funcionários estaduais com a incumbência de preparar um relatório. Até o prefeito saiu de sua cadeira, no conforto de seu gabinete, para remexer em arquivos e gavetas. Pretendia fazer boa figura. Só no dia seguinte descobriu que fora enganado. Andaram pelo comércio especulando, rodaram a cidade inteira várias vezes procurando um terreno adequado, e de tudo que ouviam tomavam notas.

Sentados num banco da praça central, ao lado do coreto, mexiam no calhamaço de papéis, conversavam alto, apontavam para cima e para os lados sem dar a menor importância aos grupos de homens e de moleques que se formavam a distância: os observadores. Alguém propôs que se acionasse a polícia para descobrir o que faziam aqueles dois, andando assim tão senhores de suas ações como se ali tivessem nascido e crescido. Com que direito? O cabo Juva mandara

64

dizer que a lei não proibia que dois cidadãos, ainda mais de terno e gravata, andassem caminhando por lugares públicos e fizessem perguntas às pessoas, que só respondiam por vontade própria. Que ele mesmo, o cabo Juva, já procedera sigilosamente a suas investigações e nada de ilegal tinha encontrado. Deixassem os homens em paz.

– Só hoje de manhã – padre Ortega ergueu novamente as sobrancelhas – se descobriu o que querem esses dois. Na hora de fazer o check out no Hotel Mil e Uma Noites, eles disseram que já estavam em condições de ir embora. Tinham recolhido todos os dados para a instalação de um supermercado em Pouso do Sossego. E o Onofre, ele mesmo, montou na bicicleta e foi acalmar o povo, desfazendo suposições tenebrosas. Este povo daqui continua o mesmo.

E riu. Nós também rimos. Mas a ideia de alguém se estabelecendo na cidade sem primeiro ter conversado com o doutor Madeira caiu um pouco indigesta àquela hora depois do almoço.

A Clara entra na sala e vem beijar a mão do padre Ramón Ortega, que recebe o cumprimento com gesto maquinal, uma indiferença de velho que já não tem muita consciência do que faz de tanto que se repetiu pelos muitos anos da vida. Ela avisa que a mesa está posta na sala de jantar para o café da tarde. Demoramos um pouco para nos movermos do lugar, como se o aviso da Clara entrasse vagarosamente em nossa consciência. Estávamos rindo do povo daqui, que continua o mesmo, quando a Clara nos apressou porque o café vai esfriar, e continuamos rindo ainda algum tempo, porque o riso, como o nosso, de pouco ruído e nenhum exagero, deixa a alma mais leve, torna a vida mais agradável.

Sou a primeira a me levantar e finjo uma ajuda desnecessária ao padre Ortega, que pula quase lépido do sofá, pois se orgulha de sua vitalidade. Nós dois sabemos que é uma brincadeira de nossas alegrias. A Clara toma a frente e some no corredor e eis que aparece na porta da entrada principal uma figura de homem, que vai entrando sem ao menos pedir licença. Contra o sol, como aparece, não o reconheço de imediato, mas posso intuir que se trata do Osório, uma das poucas pessoas que, em nossa casa, entra sem avisar até pela porta da cozinha. Meu pai, que já viu o amigo, comenta entre sorrisos que é bom o cavalo do Osório, comentário de tipo muito antigo para dizer que o recém-chegado acertou a boa hora da chegada, que é a hora da mesa.

Vamos direto para a sala de jantar, incluindo-se agora no grupo o Osório, que antes de sentar ainda geme, Estou arruinado, meus amigos. E o tom de sua voz, a expressão de seu rosto, os ombros encolhidos, tudo confirma essas palavras terríveis. As pessoas começam a debochar da cara e das palavras do Osório, um artista, e ficam cada vez mais alegres, contagiados pelo gorgolejo do riso coletivo. Eu, contudo, mais ingênua que os demais, tenho o coração confrangido por imaginar nosso amigo arruinado. De um de meus tios, diziam meus avós que estava arruinado. E ele carregava um chapéu na mão, falava baixo e jamais sorria. Estava arruinado. Negócios mal feitos. Me dava muita pena ver aquele tio por quem ninguém mais tinha respeito. E o Osório não para de afirmar com sua cara de choro que está arruinado.

Ao lado de dona Júlia, o padre interrompe o princípio das lamentações do Osório e dá graças pelo alimento, que abençoa com um largo sinal da cruz que abrange a mesa e os comensais. Sua mão um pouco trêmula prejudica a majestade do gesto. Que é largo.

– Mas então, o que é que te acontece? – meu pai pergunta ao mesmo tempo em que despeja o café por cima do leite em sua xícara. Ele olha para o Osório, não preocupado, mas curioso. Todos nós encaramos o comerciante. Ele não se serve ainda, mais interessado em expor seu problema.

Depois de nos encarar, um por um, nos pergunta se já ouvimos falar de um tal de supermercado que vem instalar-se em Pouso do Sossego. Como todos os olhares que enfrenta confirmam que sim, que já conhecemos o assunto, ele declara emocionado que, com um supermercado na cidade, o Armazém Figueiredo vai quebrar.

Meu pai quer saber se escolheram o terreno onde construir. A ideia é fazer pressão para que ninguém venda terreno algum aos forasteiros. O Osório franze a testa e sacode a cabeça: o Alfonso Alvarado já vendeu aquele quarteirão na frente da casa dele. E os comentários são de que o preço pago vai além do que se possa imaginar.

As sugestões têm asas e espaço livre. As soluções criminosas são logo afastadas, tanto por estarmos à mesa com um padre, que tudo ouve, quanto pelo perigo que seria mexer com gente vinda de outros lugares. Algumas informações dão os dois homens de terno e gravata como executivos de uma rede nacional de supermercados. Muito perigoso, afirma convicto meu pai. Muito perigoso. O Osório, quase vítima futura deste projeto, repete, Muito perigoso, fazendo--se eco de seu amigo poderoso.

– Mas esse Alfonso, hein, tem merda na cabeça?

Ele mantém conta em bancos de Porto Cabelo, bem longe de qualquer indiscrição. Quem dá essa informação é o padre Ramón Ortega, velho amigo dos Alvarado.

As tentativas de ajudar o Osório a encontrar uma forma de não quebrar são sinceras. Todos ao redor da mesa, enquanto mastigam bocados de bolo e tomam café com leite ainda fumegante, se esforçam para encontrar um meio de salvar o amigo. Polícia, justiça, campanha de difamação, boicote, terrorismo, orações com muita fé, em tudo, e na maior confusão de palavras que disparam em todos os sentidos, em tudo se pensa até ao cansaço.

Ergo os olhos para o lustre pendurado sobre nós como enfeite, pois é do alto que desce a inspiração, e é dele que ela me vem.

– Seu Osório, e por que o senhor não inaugura o Supermercado Figueiredo antes que eles cheguem?

Todos, mesmo a Nilza que vinha trazendo mais café, estacam subitâneos, com olhos crescidos de espanto, e me encaram como se eu tivesse acabado de chegar de marte voando com meus braços. Eles me deixam envergonhada, pois acho que acabo de dizer uma grande besteira.

O doutor Madeira, por fim, se levanta, contorna a mesa e vem me dar um beijo na testa. Os demais começam a bater as mãos freneticamente uma na outra. Mas então, quer dizer...?

Meu pai confessa que sente orgulho da inteligência de sua filha predileta, única, corrijo, e ele teima, única e predileta. Não sei o que ele entende do que diz e fico quieta.

Eis a solução, ele se dirige ao Osório.

– Você, que passou a vida atrás dum balcão, vai ter uma sala com escrivaninha, carpete, ar-condicionado, todo o conforto. Te mexe, Osório, hein! Inaugura essa bosta logo antes que eles cheguem.

O Osório, coitado, em cujos olhos tinha surgido um fulgor de entusiasmo, encolhe novamente os ombros, enruga a testa e ameaça chorar.

– Mas se eu não tenho a menor experiência neste tipo de negócio, doutor Madeira.

Nos consternamos todos novamente. Sim, a falta de experiência pode provocar uma catástrofe. Por algum tempo ninguém mais sentiu vontade de mastigar. Alguns goles de café ainda nos animavam a continuar pensando. Então, o doutor Madeira, Já sei, pediu que ouvíssemos.

Seu plano inclui o Amâncio. Teremos de adiar o casamento por três meses. Neste tempo, ele faz um estágio num dos melhores supermercados do estado. Na volta é nomeado gerente, e em caso de necessidade de maior capital, que o Osório conte com seu mais novo sócio, aqui, ó, o doutor Madeira. E bate no tambor do peito com potência. Me parece que seus olhos vão saltar com as pancadas.

O café acaba virando uma reunião de negócios, em que uma sociedade é firmada com um aperto de mãos sob os olhares de várias testemunhas.

Já no fim, estamos levantando, quando o padre Ramón se queixa de que jogamos com sua vida sem consultá-lo. Tratamos de convencê-lo de que merece umas férias mais prolongadas. É só telefonar a seus irmãos, finalmente uma participação da minha mãe, eles com toda certeza vão entender.

Agora é minha vez e telefono para o Amâncio. Temos muito que conversar.

Capítulo 13

Amâncio acomoda o envelope no quente do bolso interno de seu paletó: o aconchego. Suas transformações começam por fora, pelo visível, como este terno em que foi enfiado. O invisível não se pode saber se vai ser transformado. Ele espalma a mão sobre o volume no peito, muito sério e conferente. O sogro tinha instruído que só o entregasse ao Timóteo Fonseca, seu amigo. Não sei o que estiveram conversando na saleta, o Amâncio não me diz quase nada. Três horas lá encerrados e ele resume dizendo que tinha sido instruído a entregar o envelope nas mãos do tal de Timóteo Fonseca. Esse homem já esteve aqui em casa, eu digo ao Amâncio, é dono de um supermercado em Boiguaçu. Ele me corrige presumido, mas com alguma timidez, ainda, que o Timóteo Fonseca é dono de uma rede de supermercados. E diz isso com uma empáfia bem disfarçada e desconhecida como se ele já pertencesse à confraria.

Meu noivo está um pouco ansioso, e me diz que nunca viajou para tão longe.

– Sabe, Lúcia, nunca viajei pra tão longe.

A Nilza chega com dois cafezinhos numa bandeja. Ela me enche a paciência de tanto que elogia o Amâncio, que é um partidão, um rapaz bonito e sério, de família de algumas posses. Um partidão. E capaz de puxar um bonde por mim. Não sei de onde a Nilza tirou essa expressão: ela nunca viu um bonde e, se duvidar, não faz ideia do que seja um. Eu também nunca vi, ao vivo, mas conheço de revistas. Será que ela? Nilza engole o Amâncio com seus olhos cinza antes de voltar à cozinha. Agora sim, percebo que a mão direita dele treme de leve ao erguer a xicrinha de café. Mais ansioso até do que eu imaginava.

Depõe sua xícara sobre o console e me diz que vai ser muito difícil passar estes três meses longe de mim. Estamos habituados a encontros praticamente diários. Ele diz que teme uma ausência tão grande, tempo suficiente para que eu mude de ideia. Eu rio com um pouco de exagero, coitado, pois a ideia de que ele fala não é minha, mas de meu pai.

Começo a pensar que o orvalho acima do lábio superior e o leve tremor de sua mão direita são mais por medo de que eu mude de ideia do que medo de viajar para tão longe. Isso me lisonjeia um pouco e me recrimino pelo absurdo de um sentimento como esse.

A expectativa de passar três meses sozinha comigo em liberdade para fazer apenas o que me der prazer me torna um tanto eufórica, de uma euforia que talvez seja até ofensiva a este pobre rapaz que, se tem alguma culpa, é a de ter mordido a isca do doutor Madeira. E acabar apaixonando-se por mim. Ou pelos bens da família. Nunca vou ter certeza de nada sobre seus verdadeiros sentimentos. Em palavras não se pode confiar inteiramente. Jamais. Como saber se elas são a expressão real do que se passa na mente? Quando penso e quero passar adiante o que penso, me fica sempre este gosto de salmoura morna escorrendo pela comissura dos lábios. Sei que não era bem isso que me cumpria dizer, mas não consigo dizer melhor. Como confiar em algo que, mesmo quando se deseja próximo do pensamento ou do sentimento, se afasta em volteios sem fim ou se embrenha por atalhos quase despercebidos?

O Amâncio me segura a cabeça para um beijo, e entrego meus lábios para que sua língua se afunde, viva, expressão de um desejo que tão cedo ele não poderá satisfazer. Não fosse pela ideia da clandestinidade, uma brincadeira de que participo, tenho a impressão de que me seria muito difícil suportar esta sede do Amâncio que intenta me violar com suas mãos me apalpando mal percebe estarmos sozinhos. Ele torna-se ousado, e sou eu, a liberada, que preciso afastar o perigo de um escândalo. Mas é um jogo e não pretendo subverter suas regras, apesar de já um pouco enfarada com a sofreguidão do adversário.

Começa a chover e as malas voltam para a sala, empilhadas perto da porta. É uma chuva fraca, sem vento, os pingos em queda vertical. Saio para fechar algumas janelas e o Amâncio me ajuda a escurecer o ambiente. Meus pais aparecem do interior da casa para fazer-nos companhia. Alguns empregados também chegam excitados e de cabelos úmidos avisando que o automóvel está passando pelo portão. Todo molhado. E ele para, majestoso, na frente da porta. Para impressionar, o luxo todo, este carro em que o Amâncio vai viajar.

Involuntariamente ele me ajuda, meu pai, tomando o Amâncio pelo braço e carregando-o para perto do piano, na outra extremidade da sala. É a hora das últimas recomendações. Meu noivo me sufocava de tanto, ele meio tonto, querendo me apalpar com suas mãos e me penetrar com sua língua. O pudor, ele disse, o pudor, se eu tenho de passar três meses sem você, o pudor que vá pra puta que o pariu.

Nuns farrapos de conversa, ouvi ontem à noite que o doutor Madeira considerava-se um grande jogador com este último lance: tornava-se sócio de um supermercado, e arranjava o futuro do genro. As fazendas, bem, meu pai não larga sua administração antes de morrer, e, como se julga mais ou menos eterno, é melhor que o genro se encaminhe para outro ramo. Sob sua custódia, claro.

Vendo-me sozinha, dona Júlia se aproxima e toma em suas minhas mãos um pouco frias. Ela quer me consolar. Três meses, minha filha, passam que você nem vai perceber. Sinto vontade de rir, mas me contenho. Ela é muito ingênua. Enche a boca de palavras pra dizer que o Ascendino foi o único homem de sua vida. E que nunca olhou dentro dos olhos de outro homem.

As mulheres que conheço são todas assim: preparadas para tomar conta do lar, tornar mais cômoda a vida do marido e, eventualmente, fornecer-lhe algum herdeiro. A Sueli, bem, a Sueli, por causa de suas diferenças, não suportou o ambiente e se mandou.

Agora ela enrosca o braço em minha cintura e abraçadas damos alguns passos pela sala. É quase uma dança. O Amâncio finge estar ouvindo as últimas recomendações, mas não tira os olhos de mim. E eu finjo que não vejo. Antes de a chuva começar, e querendo me comover, ele me contou que na despedida dos pais, sua mãe chorou como se ele estivesse viajando para o outro mundo. Era a primeira vez que sofreriam uma separação tão grande. Eu não disse nada, mas me lembrei dos três anos que passei na casa do meu falecido avô. As famílias têm suas diferenças.

A chuva diminui, ameaçando virar chuvisqueiro, e o Maurício carrega as malas do Amâncio, acomodando-as no bagageiro do carro. Eu gostaria de não estar aqui, exposta à curiosidade desta gente toda, mas não tem jeito, sou obrigada a encarar uma despedida. Vejo meu pai dando tapas nas costas de seu genro, que, abraçado, se deixa espancar.

Todos querem dar um abraço de despedida no futuro gerente do Supermercado Figueiredo, incluindo na lista o próprio Osório, que chegou não faz muito tempo, debaixo da chuvarada. Nossos empregados cumprem o ritual sem muito entusiasmo e, por fim, chega minha vez.

Ele me abraça com certo exagero de força, e sinto alguma raiva neste abraço. Não creio que seja eu o objeto de sua raiva, mas a situação de que ele não poderá fugir: três meses de separação. E agora me beija como se quisesse me possuir aqui, com todos estes olhos por testemunhas, talvez seu modo de marcar território.

Poucos passos apressados e ele passa pela porta, sumindo no interior do carro.

Capítulo 14

O verão veio chegando vagaroso, com disfarces, até arrebentar ali na praça, por cima de nossas cabeças desprevenidas, cobrindo a cidade toda com seu bafo. No alto das sibipirunas e das seringueiras, cigarras já estridulam até romper a casca que fica de enfeite nos galhos. E eu, de dentro do meu solteirismo provisório, concluo que só me resta aproveitar este mês e pouco sem a presença constante do Amâncio.

A juventude ociosa de Pouso do Sossego, nesta época do ano, se dedica muito afincadamente a cozinhar a pele na piscina, durante as tardes de sol, ou entornar cerveja sem o menor controle à noite nos poucos bares decentes da cidade, onde não se é perturbado por bêbados pobres, porque bêbado é chato por natureza, mas o mais chato de todos é o bêbado pobre.

A Yole trouxe com ela duas garotas que eu não conhecia, e viemos nos divertir no Argonauta, nossa única lembrança de que o mar existe. As duas irmãs, que nos fazem companhia, estão aqui visitando parentes. Elas vieram do Norte, conheço bem o sotaque, e tomam cerveja como se fosse água.

A mesa ao lado da nossa foi ocupada por um grupo de seis rapazes com muita vontade de conversar e rir. Eles me olham, quase todos, com gula selvagem, os brilhos e sinais que conheço. E falam de mim, pois, quando um deles diz alguma coisa, os outros todos me encaram com aquele jeito de adolescentes famintos. A Yole acaba de perceber o assédio a que estou submetida, um assédio em que apenas os olhos se manifestam. Então chama minha atenção, Eles acabam te engolindo, e finjo que só agora os descubro a nosso lado. Quando se descobrem assunto de nossa mesa (as quatro olhando e rindo para eles), quase se destemperam de tanto rir. Mas escondem o rosto uns por trás dos outros, seus rostos esbraseados e cheios de espinhas.

A festa de meu noivado virou notícia que não houve casa de Pouso do Sossego onde não tivesse entrado. E depois, a viagem do Amâncio encheu de esperanças libidinosas a juventude local.

Minhas três companheiras ouvem com bastante interesse a história da piscina. Hoje à tarde fui me refrescar na piscina do Comercial. A cidade toda estava lá. Nem bem saí do vestiário, fui atingida por um enxurro de assobios que subiam da água. Respirei fundo, fechei a cara e me joguei de cabeça na água. Voltei à superfície uns vinte metros à frente e os babacas estavam pensando que eu não voltava mais.

Uns meninos, que eu não via desde os tempos de escola, vieram me cercar para a inveja dos outros, que não tinham pretexto para chegarem perto, por isso ficavam dizendo gracejos. Um deles passou nadando por nosso grupo e, bem na minha frente, me chamou de gostosa. A essa altura o grupo se dispersava, alguns se exibindo pela velocidade, outros se jogando do trampolim de cinco metros, com gritos e piruetas, uns poucos nadando atrás de mim para esbarrar no meu corpo e pedir desculpas.

A Yole me pergunta se tudo aquilo não me incomodava.

As primas da Yole procuram chamar a atenção da rapaziada aí ao lado, entrando nas brincadeiras deles com respostas meio escandalosas. Encho meu copo e ofereço às amigas, que aproximam os seus com inclinação de quarenta e cinco graus para que o colarinho não fique demasiado.

Sinceridade, Yole, a gente precisa manter distância e exigir respeito, como se estivesse incomodada. Uma cara feia, testa enrugada, severidade no olhar. Porque do contrário eles ficam pensando que é só chegar e pegar. Tudo é jogo, e se eles conhecem as regras ou não o problema é deles. A Yole me olha muito arregalada, quando falo que alguns dos meninos passavam a mão nas minhas pernas debaixo da água, para depois pedir desculpas, que foi sem querer. Minha risada a escandaliza. E suas primas querem saber do que estou rindo. Então repito que hoje à tarde, na piscina, os meninos mais assanhados vinham nadando com a cabeça debaixo da água para passar a mão nas minhas coxas. Tudo sem querer. O riso delas também escandalizou a Yole, que jurou matar o primeiro que ouse passar a mão nela.

Desde que o Amâncio viajou, os rapazes da cidade se excitaram bastante, muitos deles imaginando que poderiam tirar algum lucro dessa viagem. Às vezes tenho saído de casa meio sem rumo com o único intuito de ficar observando como viro notícia quase instantaneamente. Sento num banco da praça e eles ocupam o mais próximo, de onde ficam rindo entre murros de felicidade e fazem propostas e dão gritos de caçadores.

Há uma semana, sem nada que fazer à tarde, voltei ao banco de granito artificial debaixo de uma seringueira. Em pouco tempo uns dez garotos se amontoavam no banco ali perto. Pois não é que um deles veio me contar que estuda fora, está fazendo veterinária na capital, onde mora há bastante tempo. Não me lembro de tê-lo visto antes. Sua conversa, os modos urbanos, a coragem de me encarar sem mudar de cor, tudo nele mostrava ser diferente dos rapazes que aqui vivem.

A distância, seus colegas se aquietaram, os rostos com expressão de ansiedade, e não tiravam os olhos de nós. O tal do veterinário foi tomando confiança e por fim tentou passar o braço por cima dos meus ombros. Olhei, fiquei quieta, à espera do próximo gesto. Seus amigos mal conseguiam respirar, arfantes todos eles.

Contava suas proezas de adolescente passado e sem graça, para me distrair, então senti o calor de sua mão a segurar meu ombro.

A Yole quase desmaia de susto com minha história. Suas primas não querem perder o que digo nem o que dizem os rapazes da mesa ao lado. Conta, Lúcia, termina de contar. Eu ouço o ruído de sua respiração acelerada.

Olhei sua mão, depois seu rosto, e fui para cima dele:

– Olhe aqui, seu doutorzinho de merda, não pense que vai fazer comigo o que está acostumado a fazer com suas vaquinhas no curral.

Então perguntei se ele já tinha ido à merda hoje. O cara quase pulou do banco, assustado, e respondeu que não, não tinha ido. Pois então vá. E sem mover um só músculo do rosto, acrescentei, E vê se tira logo este braço de cima de mim e caia fora antes que eu chame meu pai. E peguei o celular ameaçando chamar mesmo.

A Yole emborca o copo de cerveja sem interrupção, num gole só.

A seu pedido, termino a história da retirada do futuro veterinário sob as vaias estrepitosas de seus amigos. A Yole então relaxa, e seu rosto recobra a cor. Respira fundo, enche outro copo sem exagero de colarinho e reconta minha história às primas, que não querendo perder nada haviam perdido tudo. Tenho a impressão de que minha amiga atingiu o orgasmo, pelo modo como suspirou.

Um dos rapazes aí do lado pergunta se eu sou a Lúcia, que tinha sumido há algum tempo. Eles parece terem medo de que me esqueça da história do Teodoro. Respondo que sim e forço o carinha a desviar os olhos. Mas ele insiste.

– Vocês não querem vir tomar cerveja aqui com a gente?

As primas da Yole não esperam que o convite se repita e já estão arrastando suas cadeiras para a mesa deles. E ficam olhando nós duas, que não nos movemos. Por fim, digo à Yole que vá também, porque eu preciso voltar pra casa.

Ela me olha agradecida.

Capítulo 15

Supersticiosa, acreditaria que alguma entidade malfazeja, dessas que vagueiam silenciosas por aí, invisíveis e inelutáveis, dirigiu meus passos, nesse passeio à beira da lagoa. As crendices nunca me pegaram distraída, e creio mais é nas coincidências e no acaso. O escuro não me amedronta nem me assustam as assombrações. Me lembro sempre do padre Ramón, Este povo é místico e fetichista, corre atrás de feitiçaria antes de se voltar para Cristo. Portanto sei que apenas quis aproveitar o dia nublado para esticar as pernas um pouco, respirar alguma coisa melhor do que o ar viciado do meu quarto, e, nas proximidades da lagoa, há sempre uma aragem mais fresca. Caminhar à toa, desenferrujar.

Nunca passei por aqui, mas sei que esta estrada vai até a Fazenda Pitangueiras, do Alfonso Alvarado, pai deste imbecil que dirige a caminhonete, sentindo-se muito poderoso.

Tinha caminhado às margens da lagoa, divertindo-me com os pulos de seixos que jogava numa horizontal quase paralela à superfície da água, depois dei um passeio visitando árvores e bancos que tinham entrado para minha história. Só uma vez me lembrei do Teodoro. Me contaram que ele morreu afogado naquela lagoa. Não me impressionei, pois dele o que me restam são apenas algumas palavras. Sua fisionomia desmanchou-se com o tempo e com ela desapareceram os últimos traços de seu sorriso e de sua voz. Se fosse necessário e eu quisesse, mesmo as palavras com que é possível lembrá-lo já teriam sumido para sempre.

De longe, lá da estrada principal, a gente pode ver este renque de eucaliptos muito velhos margeando o caminho da lavoura. Por aqui não se vai para a casa da fazenda, e começo a ficar com um pouco de medo. Com que propósito este Hipólito me carrega por aqui? Ele disse que pretende me mostrar uma coisa que eu nunca vi, mas começo a desconfiar de qualquer besteira dele.

A tarde continuava tranquila, sem sol ou vento, os que mordem, e resolvi voltar pra casa. Mal entrei naquela rua esburacada e malcheirosa que termina quase na frente da delegacia, a caminhonete brecou a meu lado. Reconheci o Hipólito, um dos filhos do Alfonso, o rebelde que afrontou o pai contrariando-lhe o sonho de torná-lo doutor (de qualquer coisa), dizendo que preferia dirigir trator na lavoura. E é o que faz até hoje, pelo jeito. Entre aqui, ele me convidou, que eu te levo.

Na frente da delegacia, em lugar de virar à direita, como convinha, entrou na rua principal à esquerda: direção da estrada. Com bom humor, perguntei-lhe se não estava enganado com o caminho. Ele riu, e seu riso me fez o estômago queimar um pouco. Foi então que prometeu me mostrar uma coisa que eu nunca vi. Por mais que eu insistisse, não disse do que se tratava. Vai estragar a surpresa, ele repetia. E ria um riso meio bobo, parece que antegozando meu susto. Pedi com modos muito civilizados para que ele voltasse para a cidade, mas já estávamos na estrada da fazenda, e ele disse, Olhe só, já estamos chegando. A casa da fazenda ficou para trás e agora vejo mato e plantações.

Estamos no fim da aleia de eucaliptos e a caminhonete sobe a um outeiro, de onde vejo a torre da igreja e quase consigo ver nossa casa. O Hipólito puxa o breque de mão e me encara. Me parece que a surpresa é ver daqui, desta distância, a torre da igreja. Se for isso, estou salva. Ele quis me mostrar o que pode ser o caminho da minha salvação. Mas seus olhos estão babando sobre mim, e seu braço procura meu pescoço. Me esquivo de seu abraço e ele retrocede. Que tal a paisagem?, ele pergunta como se mostrar a paisagem fosse o objetivo do passeio.

Já não posso responder naturalmente, pois sua primeira investida me deixou com medo. Digo apenas que é bonita. Eu me aperto contra a porta, procurando a maior distância possível, mas ele se aproxima para apontar dizendo que muitas vezes veio até esta altura apenas para ver aquela mangueira, está vendo?, é do seu quintal. E que nesses momentos ficava aqui pensando em mim. Está vendo a estrada, lá embaixo? Daqui até lá tudo pode ser seu, só depende de você.

Ele se aproxima ainda mais e sinto seu bafo de cigarro e cerveja. Eu posso pular da caminhonete e sair correndo, mas estamos a uma distância muito grande de qualquer recurso. Preciso que ele me leve de volta e penso em me fazer gentil, mas quando tenta me agarrar com suas mãos pesadas, já preparado para me lambuzar com um beijo, vejo-me forçada a repelir sua investida, empurrando-lhe o corpo com a mão direita e arranhando seu rosto com a esquerda.

– O que você está pensando, seu idiota?

Ele segura o volante com suas garras, bufa de nervosismo e excitação, então dá um tapa na cabeça.

Do céu nublado, furioso como uma flecha, desce um gavião, asas paradas, por ter visto, cá embaixo, o movimento de algum rato. Por um segundo não consigo respirar.

– Não posso acreditar – gagueja o Hipólito – você deu praquele cara do circo, fugiu com ele, desapareceu de Pouso do Sossego, foi dar em outro lugar, agora volta e se entrega pra esse ralé, que é o Amâncio, e não quer dar pra mim?

Me jogo contra o Hipólito, com violência desconhecida, e com minha mão esquerda seguro a gola de sua camisa enquanto a direita esmurra seu peito.

– Como você é imbecil, Hipólito! Só um cretino como você pra dizer o monte de asneiras que você acaba de dizer. Vá transar com as éguas do teu pai, seu cretino. Você me bota imediatamente no mesmo lugar onde me encontrou, senão eu registro um BO na delegacia, seu porco nojento, e te azaro com a vida.

Sem responder, o rosto quente cheio de sangue, este sangue impuro, ele me empurra com brutalidade até ficarmos o mais distante que se pode. Liga o motor e arranca com violência ladeira a baixo, quebrando os galhos mais finos das árvores vizinhas da estrada, a traseira da caminhonete bamboleando para um lado e outro ameaçando capotar. Ele faz isso para me meter medo ou para mostrar que é muito macho com um volante nas mãos.

Percorremos em poucos segundos a alameda margeada por eucaliptos. Em lugar do medo que ele tenta me infundir, sinto-me aliviada e relaxo com o futuro final desta aventura à vista. Ele não há de querer provocar um acidente em que também sofra consequências graves. Não deve ser tão louco assim.

Se eu conto isso a meu pai, provoco o início de uma guerra que ninguém pode prever onde vai terminar. Não posso fazer isso. Melhor ficar quieta. Acredito que este idiota aí também não vai ter coragem de gargantear seu insucesso. Um coitado, este Hipólito. Deve estar acostumado a fazer sexo nas prostitutas da zona, sexo fácil, apreçado na mesa do salão ou no compasso de um bolero. Se enganou, este trouxa aí.

Na mesma velocidade em que vínhamos pela estrada ele entra na cidade. É mais louco do que eu pensava. Me dá a impressão de estar fazendo roleta russa, comigo aqui dentro, agora encolhida de medo. Dobra a esquina do bar do Adalberto sobre os pneus da direita e não respeita os buracos da rua. O córrego imundo corre com suas imundícies para trás, vertiginoso.

Por fim, o Hipólito faz a caminhonete arrastar os pneus uns dez metros até parar. Me olha furioso e assume o controle da situação. Desce, ele me diz, e logo, que estou com pressa. Abro a porta e pulo sem usar o estribo. Ele se espicha para fechar a porta e me vendo de pé no meio da rua, ainda grita:

– Sua puta safada, e some na direção da Vila da Palha.

Capítulo 16

Ele entra na sala acompanhando meu pai, com ares urbanos: suas roupas, seus gestos, a inflexão de sua voz. Em três meses pode alguém trocar de pele e virar um ser que não existia? Passa por mim sem me ver e vai até minha mãe, cuja mão beija sorrindo e sorrindo diz alguma coisa que não ouço e que a deixa radiante. Ao soltar a mão da dona Júlia, faz uma reverência exagerada de quem continua treinando o que a cidade ensinou.

Ele me olha de viés, rápido, pois falta ainda o abraço a ser dado no padre Ramón. Eles batem mãos espalmadas nas espáduas um do outro. O Amâncio, com seu tamanho, faz boa dupla com o padre. Começo a ficar sem graça, relegada assim, como se fosse uma estátua de jardim. Agora ele me encara com olhar que me esquadrinha e vem, os braços abertos para me prenderem. Quatro horas da madrugada, ele me cochicha. Porque eu morria de saudade.

Não consigo evitar o constrangimento de ser beijada deste jeito, que é quase um ato sexual, na frente da família. Ele me segura pela nuca para que não afaste minha boca e me penetra com sua língua tesa e só me solta quando os pigarros brilham como pirilampos no ar quente da sala. Todos os presentes sabem o que é o desejo, todos já desejaram, exceto, quem sabe, o padre Ramón, com sua natureza diferente. Nunca entendi o que ele queria dizer com sublimar, mas decerto faz parte dessa estranha natureza.

Sentamos para conversar sobre os assuntos mais urgentes antes do almoço.

A papelada do cartório, começa meu pai, já foi providenciada pela Júlia. Na igreja não há obstáculo, é a hora que se quiser.

O Amâncio quer saber como andam as obras do supermercado. E o doutor Madeira pormenoriza as etapas vencidas, elogia o projeto enviado pelo genro, Sensacional, hein, Amâncio, sensacional. Ah, sim, alguns pedreiros locais, mas mestre de obras e muitos outros trabalhadores trazidos de Porto Cabelo. Ainda falta alguma coisa, antes do acabamento.

Meu silêncio, enquanto eles comentam os fatos, pode parecer-lhes indício de concentração, um modo de participar apenas com o entendimento. E eles se enganam, pois estou apenas quieta para não perder o fôlego nem sair do perímetro de minha pele. Me economizo por nada? Pode ser, mas ainda hoje quero ver o céu de fundo azul com flocos brancos imensos dando a impressão de que estão parados. Quero estar só, deitada na grama do jardim, à sombra de um fícus de copa densa, respirando segura de mim aquela brisa que virá sacudir as folhas. Estarei à espera de que a vida corra por minhas veias, e com tal força que eu estonteça. Me economizo para mim mesma, com algum medo de que amanhã tudo se desfaça como um sonho que o vento forte pode esboroar. E é por isso que preciso do instante, o fôlego no ritmo certo, a calma e a paz a penetrar minhas carnes.

A Clara aparece na porta do corredor e bate palmas, faceira. Como faz quase todos os dias, ultimamente, vem até o grupo e toma o braço do padre Ramón. Ela avisa que o almoço está servido. Me levanto para que o Amâncio largue minha mão sem que o force a isso. Não suportaria por muito mais tempo este suor grosso penetrando nos meus poros. Peço licença e vou ao lavabo lavar as mãos. Há uma fila atrás de mim, todos rindo de contentes. Assim é a vida em família, esta paz em que tudo é fruição: assuntos, projetos, companhias, gestos e sorrisos. Olho para trás com os olhos arregalados. Então me apresso.

Sem muito tato, o Amâncio nos conta o que comia em seu período de treinamento, os sabores, nomes das ervas, tipos de carnes, massas como nunca tinha visto. E os elogios. Os elogios, percebo pelo tremor das pálpebras da minha mãe, que não estão agradando. O doutor Madeira, que não é muito dado a sutilezas, sai em defesa do humor da esposa desviando o assunto para a programação da tarde: uma hora para o descanso do corpo, talvez um cochilo, uma visita de inspeção e explicações às obras, conferência com o Osório sobre funções no Supermercado Figueiredo.

Todos comem sacudindo as concordâncias com a cabeça. Padre Ramón declara em uma língua sem identidade pura, mas inteligível, que o programa está ótimo, mas pede para ser dispensado, pois falta-lhe uma ligação necessária com tais assuntos. Diz que prefere estudar uns papéis que trouxe na bagagem, assuntos cujo estudo vem protelando há meses por falta de tempo. Finjo não entender seu pretexto para se livrar de uma tarde maçante, e invento um encontro com a Yole.

Os homens parecem ter ficado satisfeitos com nossa ausência, pois não insistem no convite. É o jogo deles, com que se mantêm vivos e inventando o futuro. É a certeza quase física de estarem em plena existência sem necessidade de pensar nela. Apenas a sentem nas ações que executam. Os negócios. Ainda não desisti de me deitar na grama, à sombra do fícus mais copado para deixar meus olhos passearem pela superfície azul do céu, inventando, de vez em quando, um urso, um castelo, alguma caravela, tudo feito com flocos de nuvens, brancura e leveza flutuantes.

O padre Ramón olha em volta e descobre que a sobremesa ainda não chegou por sua única e máxima culpa. Sabemos nós muito bem quanto ele gosta de doce, mas hoje seu estômago vai levar um susto muito grande. Ele cruza os talheres e se põe à espera, um tanto ansioso. A Nilce e a Nilza, com suas bandejas, dão uma volta na mesa distribuindo as taças com sorvete de laranja e cobertura de ambrosia, como elas sabem que é uma das tentações que o padre, desde muitos anos, não consegue vencer. Ele recusa o licor de anis e pede mais uma taça de sorvete.

Meu pai não é um fumante por vício, mas não dispensa um charuto depois do almoço. E isso como expressão de requinte social. O Amâncio aceita a oferta, mesmo não sendo ainda iniciado nessas questões de etiqueta. Traga como se fosse cigarro e seus olhos, saltados, lacrimejam. A fumaça atrapalha seu rosto. Observa melhor como o sogro faz e procura imitá-lo. São tragadas muito curtas, a ponta quebrada do charuto, bem úmida, no canto da boca, sem medo de que o mundo vá acabar no próximo instante.

Continuam seus assuntos, agora um pouco mais vagarosos, ideias misturadas a cheiros de tempero e alguns toques do sabor de laranja, e as cabeças pesadas querendo interromper o trabalho. Levantam-se com as palavras voejando sobre a mesa, e me levanto também, alegando arranjos a terminar no quarto.

Subo esta escada como quem acaba de conquistar a liberdade: alguma euforia. Meus ouvidos encolhem-se de prazer com o ruído dos meus passos. Enfim, haveremos de descansar.

Minha cama é o arranjo do meu corpo cansado da cabeça aos pés, onde posso enquadrar os ombros e deformar o travesseiro com a cabeça. O projeto de me deitar na grama à sombra do fícus mais alto fica postergado para quando os homens estiverem longe daqui, cuidando dos assuntos que os mantêm de pé. Mas antes de tudo, quero escorrer meu cansaço nos lençóis, que, em sua brancura, guardam o frescor das flores de cerejeira com que foram amaciados.

Agora quero apenas descansar, de olhos fechados, sem pressão das pálpebras. Apenas descansar.

Capítulo 17

Acordo com o sábado me entrando pela persiana: uma claridade matutina. Dormi muito mal esta noite, com sustos e pesadelos me fazendo abrir os olhos sobressaltados com regularidade cansativa. Só há pouco mais de meia hora o sono venceu todos os fantasmas e me prendeu do lado de lá, o lado escuro. Agora sinto o sábado no perfume de milhares de flores que andaram, por ordem da minha mãe, colhendo pelos jardins do município. É sábado também o ruído seco de passos apressados e as vozes disparando gritos e palavras.

O sobrado amanheceu para o meu casamento.

Com o nó do dedo médio, batidas na porta, duras e secas: o convite. Conheço o ritmo e a intensidade da senhora dona Júlia que desde cedo, um tempo já inexistente, me chamava para a escola. Tento voltar para as mesmas sensações de então, mas não as encontro mais. São apenas palavras, que guardo, e que lhes dão os nomes, o que encontro em mim.

Me levanto de meu sono e dos lençóis com cheiro de alfazema e abro a porta para receber o primeiro beijo do dia. Muito que fazer, ela diz, orgulhosa do comando que há dias vem exercendo sobre os acontecimentos. Quer que mais tarde eu vá conferir os arranjos na igreja, a colocação das flores, a disposição dos candelabros, do púlpito e das almofadas, os cordéis formando o trilho por onde deverá passar a passadeira. Se vai estar tudo conforme o gosto da noiva. Ela diz noiva e sorri, por isso não percebe que minha boca tem um leve repuxo de dor, a boca torta, quase um espasmo. Os nomes, eis o que mais me assusta. As coisas parecem não ter existência enquanto não são denominadas. Noiva, nubente, apesar do susto, ainda passam, mas cônjuge, com este som horrível, não consegue me convencer. Eu, a Lúcia do doutor Madeira, sua filha única, transformada em cônjuge, parece que perco minha realidade. É apenas uma história feia.

Jogo o penhoar por cima do meu corpo, corro ao banheiro e volto a tempo de descer com minha mãe para o térreo, onde os movimentos da vida acontecem. Abraçadas vamos para a cozinha, pois os outros habitantes deste sobrado já tomaram seu desjejum. Há um bando de mulheres me esperando para um abraço de regozijo pelo dia festivo. As irmãs, as duas me abraçam chorando. Ainda outro dia, elas se lembram patéticas, ainda outro dia, e voltam a soluçar bebendo lágrimas quentes. Retiro as toucas com que trabalham e beijo suas cabeças loiras. Quero que elas sintam quão estimadas por mim as duas são. Ouço aplausos e os abraços se repetem. Por fim, minha mãe esparrama a multidão de mulheres cada qual para seu trabalho.

A Nilce me serve o café, segundo minha preferência desde sempre e que ela conhece. Me olha com olhar de segredo, um olhar astuto, para dizer que no meio do ano, aproveitando o frio, ela também vai casar. E eu que já imaginava uma velha ranzinza com sua virgindade exposta no rosto enrugado e nos olhos duros de tanta frustração. Aposentada e solitária. Mas não conta a ninguém, com medo de mau-olhado. Quer que eu seja sua madrinha. E me beija a face quando respondo que aceito. Ela já está com a touca branca escondendo os cabelos.

86

Este convite não deixa de ser uma surpresa. Os uniformes com que as mulheres trabalham aqui em casa subtrai delas sua pessoalidade, restando somente a função. Saber que a Nilce vai casar, como é costume entre os seres humanos, acrescenta um atributo de humanidade que a gente geralmente esquece. Ela quer ter uma família que seja dela para deixar de ser tão somente um apêndice da nossa. A Nilce não entende meu olhar de espanto, com a testa enrugada, até que eu dê um pulo e enrole seu pescoço com os braços, Que bom, Nilce, que coisa linda, você vai ter uma família nova, uma casa onde você vai dar as ordens.

Ela me abraça novamente chorando e resmunga que o café vai esfriar.

Ouço o rumor de vozes masculinas em nosso quintal, e minha mãe diz que os homens chegaram de Porto Cabelo para erguer as tendas da festa.

No lado esquerdo do sobrado um imenso caminhão espera tranquilo enquanto vários homens com seus braços descarregam as tendas e suas armações e caixas de ferramentas. Minha mãe me envolve a cintura e procura em meu rosto o efeito daquele movimento todo, como quem diz, Viu só, minha filha, tudo isso é feito por você. E me volta a sensação de que, por considerarem esta filhinha aqui incapaz, me premiam por lhes aceitar a condução da minha vida. Meu sorriso incolor é suficiente para deixar minha genitora feliz.

Dona Júlia me convida para darmos uma chegadinha até a igreja, ver como vão os arranjos, mas não tenho vontade de andar por aí, mostrando minha cara ainda solteira para este povo, além disso, conheço bem as chegadinhas da minha mãe, por isso recuso o convite e alego o horário de me entregar aos cuidados do instituto de beleza, que já está próximo. E não estou mentindo. Desta vez não estou mentindo. Ela me diz que precisa ficar atenta para que saia tudo como planejou, e que a Clara já anda ocupadíssima dentro de casa. Me dá um beijo e sai no rumo da igreja.

Volto à sala e abro o piano apenas por necessidade de movimento, pois meus dedos já não distinguem direito uma nota da outra e durante três anos perderam toda mobilidade. Fiz muito esforço para não ficar ansiosa, mas agora vejo que minha pele, dura e seca como está, em lugar de me proteger, me mantém presa à ideia de que é comigo que contam para o cumprimento perfeito do ritual. Não consigo despertar deste pesadelo, não consigo me afundar neste sono, e, à margem da vigília, sinto que a ansiedade me devora. Corro os dedos no teclado sem qualquer intenção musical. As notas que emergem aleatórias, eu as sinto como queixumes que, de outra forma, eu não saberia expressar. Preciso trocar de roupa, ainda, e já está quase na hora deste mergulho com que me transformam num brinquedo para recreação da sociedade.

*

Minhas mucamas terminam de me tirar a roupa com gritinhos de excitação, mas nenhuma delas ousa beneficiar-se da minha nudez. Os olhos tão somente são os que trabalham lambendo minhas formas e minha pele. A loira magra liga a hidromassagem para dissolver os sais, e, antes de enfiar os pés na água tépida, peço que a desligue novamente. Só eu sinto o peso do meu sono. Digo que pretendo dormir meia hora imersa na água da banheira e ouço histórias exemplares de pessoas que se afogaram antes de acordar, por isso exijo que uma delas fique vigiando meu sono. Estou muito cansada do papel que me põe para fora de mim. Bocejo com ruído, a boca imensa, fecho os olhos e entro no jogo fingindo que sou uma princesa das arábias.

Uma voz macia apalpa meus ouvidos, hora da massagem, e me esforço para abrir os olhos que teimosos pretendem manter-se fechados, meu corpo entregue a uma banheira num dos aposentos do grão-vizir. Hora da massagem. E a realidade me chega por todos os lados, seus ruídos, a tepidez da água, o roteiro de meu dia. Me levanto e sou embrulhada em uma toalha do tamanho de meus cobertores. A fisioterapeuta já está esperando na sala de massagem. Apesar de curto, o sono me fez bem. O espírito continua conturbado, mas o corpo freme de prazer.

Envolta na toalha, sou literalmente conduzida por duas serventes à sala de massagens. O instituto, hoje, existe apenas para mim. Corredores, salas, aparelhos, cremes e principalmente pessoal, tudo está organizado para meu deleite. A fisioterapeuta me cumprimenta sorrindo enquanto a moça que cuidou do meu sono termina de me enxugar. Ao deitar, o corpo inteiro estirado sobre a mesa de massagem, a fisioterapeuta pergunta se prefiro cobrir alguma parte do corpo com uma toalhinha que tem na mão. Esta moça foi trazida de Porto Cabelo por ordem de minha mãe. Fiquei sabendo ontem que tem diploma de várias escolas, inclusive do exterior. As competências. Respondo que não, que estou bem, assim. E fecho novamente os olhos ao sentir que meu pé esquerdo já está sendo submetido a suas mãos. Procuro relaxar braços e pernas, movo lentamente a cabeça e solto os músculos do pescoço. Um bocejo em que sorvo todo o ar desta sala me anuncia o sono que se aproxima novamente. Não quero pensar. E se pensar, não sou eu que estou pensando. Nada disso está acontecendo comigo. Mas quem está morando dentro do meu corpo? Anjo ou demônio, vertigem, e desço sem ter onde me agarrar, desço mais, onde para tudo isso? Minha mãe...

Duas das funcionárias do instituto vieram me tirar da mesa de massagem e me levam pra baixo do chuveiro. Elas me livram dos cremes com que fui untada, esfregando-me com esponjas macias. A água escorre da cabeça para meu peito, e me sinto limpa, agora, pura, como se estivesse nascendo de uma concha no mar. Depois de me enxugarem, sou colocada dentro de um roupão felpudo e levada para uma sala de poucos móveis, onde, segundo elas me informam, devo aguardar meu almoço. Algumas das moças me fazem companhia, e me fazem perguntas, me contam histórias, me oferecem revistas. As histórias são apropriadas ao momento e envolvem situações que elas chamam de primeira noite. Elas riem com muita facilidade, e me piscam olhos gordos de malícia. Por fim, sou obrigada a dizer que não sou mais virgem, e elas não se assustam, como deveria ser sua obrigação. Acabam me confessando entre gargalhadas que nenhuma delas continua virgem. Então mudamos de assunto.

Finalmente chega o almoço, que, pra meu gosto, é um pouco fraco: legumes e verduras, uma posta de peixe grelhado, duas colheres de arroz à grega e um copo de refrigerante. Minha disposição física esperava pelo menos meio pato assado, uma travessa de batatas e uma garrafa de cerveja. Reclamo desta frugalidade e a Roberta, dona do instituto, diz que ainda temos muito serviço pela frente. O dia é bastante longo e o peso excessivo no estômago não vai me fazer bem.

No quarto ao lado, cumpro o decreto de uma hora de repouso antes de continuarmos. Troco o roupão por calcinha e sutiã. A temperatura do quarto está agradável. Acho que vou dormir outra vez.

Sou acordada por um bando barulhento que me carrega para outra sala onde uma poltrona reclinável me espera. Só não vou continuar dormindo porque meus pés e minhas mãos estão sendo manuseados, minha cabeça roda em mãos adestradas, meus cabelos, tudo que presumo de minha existência física está em trepidante transformação. Assim, com tanto alvoroço, é impossível que se possa dormir. Fecho os olhos e me entrego sem resistência às transformações por que passo. Uma das funcionárias da Roberta cochicha para as demais que eu estou dormindo. Ela está dormindo, ouço naquela voz de ar que é a voz do cochicho. Por alguns instantes não ouço quase nada: um pigarro, um risinho espremido, palavras soltas em volume cuidadoso.

A funcionária que se empenha no pedicuro, passa de leve a lixa no meu calcanhar, mas tão leve é o modo como passa que sinto cócegas, encolho a perna e começo a rir. Em volta, o barulho que elas fazem me lembra um bando de maritacas em revoada depois de um susto. A súbita alegria é causada pela descoberta de que estou acordada. Queria ver se a gente falava mal dela, repete a garota do pedicuro. Abro os olhos e encaro todas elas, Não tenho nada de que se possa falar mal. Cessa então o vozerio, suspenso por um segundo, até que desaba o temporal de gargalhadas. Minha vida, assim, não me pertence? Quantas lendas esta gente não terá criado a meu respeito nesse período de três anos?

A mais velha das funcionárias que me servem no momento, me pega o braço com delicadeza. Nós, aqui, e desenha um círculo com a cabeça, nós aqui estamos te purificando. O passado já começou a morrer nas águas da banheira. O grosso do passado. Agora estamos apagando detalhes até te deixar tão pura como no dia do teu nascimento.

Encolho novamente a perna e digo à menina da lixa que use mais força para não causar tantas cócegas. Ela responde que nunca viu pé tão delicado e que tem medo de me ferir. Como numa coreografia previamente ensaiada, erguemos ambas nossos ombros. Os assuntos descambam para seus caminhos anteriores e agora apenas as mãos, ágeis e habilidosas, se ocupam de mim. Se é que mim está em meu corpo.

– Chegou! – ouço o grito que vem correndo pelo corredor.

Quem pode estar chegando a uma hora destas, se o instituto hoje é todo meu, e só meu?! Vejo passar em frente à porta, pelo corredor, duas garotas de jeans muito apertados, com pressa, na direção da sala de espera. Vestida como estou, não me agrada repartir o espaço com pessoas estranhas. Perco um pouco da naturalidade, fico tensa.

Caixas imensas de papelão desfilam pelo corredor na frente da porta envoltas em alvoroço que não entendo. Quem, afinal, chegou? Tangendo o rebanho barulhento das meninas, não é que aparece o sorriso da Clara trazendo ainda no rosto o sol do mundo exterior? De repente, só uma das meninas me faz companhia, as outras todas correndo atrás das caixas de papelão. Também estou curiosa, apesar de saber qual o conteúdo das caixas. Mas não quero ver meu vestido com o testemunho de tantas criaturas barulhentas. Sei que depois da maquiagem começo a me vestir.

Pelo ângulo do sol que entra através da janela, imagino que já seja bem tarde. O casamento está marcado para as seis e, nesta época do ano o dia continua até depois, bem depois das sete.

Começam a me irritar as risadas e gritinhos que vêm do fim do corredor. Esta festa não vai ter mais fim? Finalmente a Roberta e a Clara aparecem acompanhadas de mais duas garotas e me convidam para mudar de sala. A Clara me dá um abraço e me beija o rosto. A noiva mais linda que Pouso do Sossego já viu, ela me cochicha dentro do ouvido. Eu respondo apenas com um sorriso de agradecimento, me levanto e vou atrás da Roberta.

*

Meu padrinho, mais uma das escolhas do doutor Madeira, foi me buscar no instituto de beleza, subiu comigo as escadarias da igreja e agora me entrega a meu pai. Todos nós, com ou sem máscara, expomos um rosto radiante, um ar sorridente e apatetado como de pessoas felizes. Tomo o braço de meu pai, que me olha um pouco assustado, mas sem se desfazer do sorriso, como quem se agarra a um tronco qualquer em um naufrágio. A súbita ideia de um naufrágio me nauseia, parece que o mundo gira, e tenho a impressão de que vou desabar para o chão lá embaixo: náufraga.

Com o braço, papai aperta minha mão sobre sua ilharga tentando aquecê-la. De cabeça erguida e o sorriso outdoor ele vai recebendo os cumprimentos e a admiração pública, a que também tenho direito, mas que não exerço por falta de afeto. Nunca pensei que este momento poderia tornar-se tão desconfortável. Esta exposição da farsa em que foi transformada minha vida ante centenas de olhos ultrapassa minha capacidade de indiferença ou de deboche.

O que me salva é a música, uma das poucas exigências minhas. A marcha do Mendelssohn, gritei e belicosa bati o pé no assoalho. Ninguém sabia o que era aquilo, e minha família teve de importar os músicos, com medo de que eu cumprisse a ameaça de não casar. Agora o que me salva são estes acordes metálicos e vibrantes, com sua estridência triunfalista que espanta o público. Mas o que é isso?, eles devem estar perguntando uns aos outros. E eu passo. E à medida que passo, meu coração bate mais calmo, começo a reconhecer algumas pessoas.

Da metade do trajeto já vejo meu noivo, o Amâncio, embrulhado numa roupa que encomendaram a um alfaiate de Porto Cabelo. Fixo nele meus olhos, porque é um homem bonito que o doutor Madeira me dá de presente de casamento. Uns passos mais e ele desce do tablado em que está e vem me receber. Pelo menos até aqui saiu tudo de acordo com os ensaios. Ele abraça meu mai, me dá um beijo no rosto, e com minha mão na sua me transporta até a presença do padre Ramón. Ele me pisca um olho, o padre, e sorri com seus lábios finos. Está feliz com o suposto desfecho de minha história. Agora casada. Isso é a base sólida, ele diz, de uma família cristã que deverá gerar novos membros do rebanho.

Sinto alguma dificuldade para respirar e tenho medo de ficar tonta outra vez. As palavras que esvoaçam a meu redor não chegam a pousar ao alcance de meu entendimento. Repito mecanicamente os passos que ensaiamos, tangida mais pela sugestão dos olhares do que pela compreensão dos fatos. Os padrinhos, e não são muitos, erguem a mão direita na nossa direção. E movem os lábios. Eles estão sérios porque assumem uma grande responsabilidade. Sei que amanhã ninguém mais vai lembrar juramento algum, mas agora seus corações estão repletos de amor por nós e desejo de que sejamos as pessoas mais felizes de Pouso do Sossego. Ouço palavras como nubentes e cônjuges e me encolho em defesa, encolhida por dentro para que ninguém perceba minha reação.

Logo mais receberemos abraços e palavras: palmas nas costas e afagos nos ouvidos. Então estaremos perto do último ato da consumação final. Padrinhos, parentes e amigos. Depois alguns conhecidos. Ou não. A Sueli mandou telegrama da Europa me desejando felicidade, ela, viciada como é em ironias.

Nossas malas já estão no carro e devo trocar de roupa em cinco minutos. Quando os convidados estiverem chegando para o jantar, os nubentes deverão estar viajando a muitos quilômetros daqui.

Capítulo 18

Ergo a cabeça como quem descobre. A revista nem é tão nova assim: a maioria dos assuntos resumidos pela televisão. E de cabeça erguida, um olhar horizontal, percebo as feições transtornadas do Amâncio. Ele entra na saleta da televisão com dois sulcos profundos que ligam a raiz das aletas à comissura dos lábios. O vermelho de sua pele não é do sol, mas de alguma raiva denunciada pelas rugas da testa e pelos olhos espremidos e cintilantes. Quando ele se reveste dessa máscara dura, me assusto sem saber o que devo esperar. Ele solta, na entrada, um Oi! que é gemido para aliviar o peito de tanto ar. Chega até o sofá para o beijo de praxe e antes de sentar, revela, o Joel esteve hoje à tarde no supermercado. Desmaio por alguns segundos por causa do frio que me arrepia braços e pernas, o frio que me invade o estômago: pedra de gelo.

O Amâncio, desde que voltamos da lua de mel, tomou como sua atividade principal acompanhar os trabalhos de acabamento do prédio no qual vai estabelecer seu reinado. É o futuro que estou construindo, às vezes ele me diz, quando reclamo da dedicação exagerada.

Ergo a mão para bater com gesto carinhoso uma mancha provável de cal em seu ombro e meu marido recua assustado. Por minha vez assustada com seu movimento, pergunto o que aconteceu. O Joel, ele repete, esteve hoje à tarde no supermercado. Engulo uma saliva amarga que me desce arranhando a goela até virar o suor das mãos. O Joel é uma ideia desagradável, dolorosa como a véspera do vômito.

Sei que antes do nosso casamento eles brigaram por minha causa porque esse Joel falou o bicho de mim, querendo que o Amâncio desistisse da ideia de casar comigo. Foi uma história de pouca duração e não me lembrava mais do fulano. O que pode ter acontecido no supermercado pra deixar meu marido neste estado?

– Mancha de cal, Amâncio!

Ele descobre no ombro aquela mancha com uma expressão de quem foi descoberto: as rugas da testa mais fundas e os olhos ainda mais espremidos. Então aceita que o limpe com um tapa. Espera o fim do meu movimento, expulsa um pigarro e começa o relato de seu encontro com o amigo. Porque, pelo que entendi, eles reataram a amizade. E não foi para uma simples religação dessas que o Joel esteve hoje à tarde no supermercado. Isso não teria desfigurado meu marido nem teria feito sua voz tremer.

As coisas que andam dizendo. O Amâncio teve de enfrentar seus monstros, gaguejando, os lábios trêmulos, o medo a esfriar seu peito, eu percebi, para tropeçar nesta frase incompleta. As coisas que andam dizendo. Se me conheço bem, minha irritação começa a nascer disso: eu sei quais são essas coisas, mas quero ouvir de sua boca. Mas que coisas, Amâncio?

Conta então que o Joel apareceu com sua cara de amigo, um aperto de mão e o desejo de muita felicidade. E saíram os dois a olhar os arremates do futuro supermercado. Colosso, disse o Joel, nada igual em Pouso do Sossego. Nem parecido. De vez em quando o Amâncio era interrompido por alguém que vinha saber onde chumbava um armário, de que cor deveria pintar a gôndola, como se podia esconder a caixa da força. Aquilo, o poder de decidir, fazia bem ao ego do Amâncio, que já começava a gostar bastante de seu antigo amigo.

Quando os dois se afastaram para ver o letreiro que estava sendo pintado na caixa-d'água, o Joel parou, cabeça baixa, olhos no chão. Vim aqui porque sou seu amigo, Amâncio, e você precisa saber o que andam falando de você na cidade.

Os olhos tristes do Amâncio brilham querendo verter algumas lágrimas, e ele, para se manter firme, mostrar-se duro, quem sabe, aperta um pouco as pálpebras, principalmente nas extremidades externas. Meu marido está ficando feio porque a história faz muita pressão em seu peito. Ou é com os olhos da irritação que agora eu olho pra ele.

Penso em assumir o controle da conversa, provocando alguns atalhos num assunto que me parecia morto, mas que conheço bem. Cravo as unhas nas palmas das mãos e cerro os dentes para suportar a lentidão com que o Amâncio avança. Ele fala tropeçando, aos poucos, faz pausas irritantes, e esta conversa chata parece que não vai mais ter fim. Mesmo assim, vou esperar minha vez. Então com duas, três palavras liquido o assunto. Ele que se prepare.

Sem ver que a Bruna está entrando na sala, o Amâncio não mede a voz e, num princípio de choro, que não passo de um corno, ele diz. Estou habituada a falar o que minha boca quiser na frente dos empregados, não me importo com o flagrante, mas o Amâncio fica vermelho – rosto e orelhas – tenta esconder a cabeça por trás da minha e responde que não, que ainda não, quando a Bruna pergunta se pode preparar o banho dele.

Arrasto meu marido para o jardim, lugar sem testemunhas, e sentamos na grama debaixo da pérgula. O sol já não desce do céu, mas rola na horizontal, amarelo, querendo desmaiar. No entorno, manchas dessa claridade, já esparsas, revelam que o dia aos poucos se despede. Nossa casa, o presente de casamento que junto com um marido meu pai me deu, tem a vantagem de um jardim bem amplo do lado direito, espaço para que se troquem segredos sem ouvido humano que consiga imiscuir-se em assuntos alheios. As copas mais cheias e os pés de murtas e buchinhas, dispostos geometricamente, recolhem com suas folhas qualquer som mais descuidado.

– Aqui está bom?

O Amâncio não responde, e sua fisionomia concentrada só pode estar segurando a última palavra revelada na sala, para que a continuação não se prejudique com a mudança de lugar.

Quem entrou no prejuízo fui eu. O movimento me desconcentrou, e a raiva com que contava arrasar as lamúrias do Amâncio já está esfriando.

Meu marido fica sentado na minha frente, os joelhos separados e as mãos segurando os joelhos. De corno, ele diz com dificuldade porque a palavra queima sua língua. De corno. A cidade toda. Reprimo o impulso de interferir em seu discurso e deixo que ele continue. Que eu vendi minha honra por um punhado de dinheiro. E ainda que o Hipólito Alvarado. Ele se interrompe, vira a cabeça para esconder as lágrimas, e eu começo a tremer de raiva novamente.

– O que tem, esse Hipólito Alvarado?

Desta vez ele não tem coragem de me encarar. Espalhou pela cidade que te comeu dentro da caminhonete no meio do mato. Minha raiva por fim explode.

– Você está arrependido? Se você não é homem pra encarar de cabeça erguida os boatos desta gentinha, então não vejo saída senão a separação.

De súbito se altera a expressão do Amâncio. Que enfrenta qualquer boato, ele diz. Por você eu enfrento qualquer perigo. Pergunto se ele acreditou nas mentiras daquele Hipólito, e o Amâncio responde que não, mas que é preciso botar um ponto final na boataria.

– Um canalha, isto sim que ele é.

E conto o incidente em que o Hipólito me levou para o alto da colina, me mostrou a torre da igreja, uma das árvores da casa do meu pai, e disse que dali até onde a vista alcançasse, tudo poderia ser meu. O Amâncio se levanta num pulo, Eu mato este filho da puta. Novamente a fera volta a urrar pela garganta do meu marido.

Peço que ele volte a sentar-se onde estava, imploro, mesmo, e ele cede.

– O que é preciso, Amâncio, é ser maior do que essa gente. Então as conversas deles não nos afetam.

O Amâncio respira com dificuldade, e imagino seu coração disparado, inteiramente louco. Ele tem a cabeça baixa como cão ressentido. Ficamos assim um tempo, até que pare sua tremedeira e retorne o sangue a seu rosto empalidecido.

Meu marido começa a levantar-se e não vejo mais suas feições. O sol, que rolava do horizonte, já desapareceu. Preciso tomar um banho, avisa o Amâncio e dá a volta na casa para entrar pela cozinha.

Capítulo 19

Comparado ao padre Ramón, grandioso, apocalípti-
co, este aí é uma figurinha roliça, ridícula, e o inferno dele não assusta ninguém. Seu paraíso, também,
fica parecendo um parque de diversões. Com braço
curto, ele tenta uma cruz que só é ampla em nossa
imaginação. Então sentamos e me sinto constrangida
com este modo encolhido do Amâncio, que tenta esconder a cabeça em mim, seu escudo.

Por mais que eu tenha falado, ele não descola os
pés do chão. Agora, meu marido, agora você plana
muito acima dessa gentinha, e os mexericos desses
imbecis não podem mais alcançar seus ouvidos. Foi
uma doutrinação que me pareceu necessária. Seu ní-
vel era o mesmo do povaréu e é preciso que ele sinta
a diferença de estado. O Amâncio não é mais de sua
família, de seus amigos. Ele agora pertence à família
do doutor Madeira, e precisa se convencer disso.

Hoje de manhã ele saiu muito cedo da cama. Percebi seus movimentos, mas conservei os olhos fechados – eu queria dormir um pouco mais. Ele tomou uma ducha, ligou o rádio com pouco volume na cozinha, preparou a mesa, depois não sei mais o que ele fez, pois consegui mergulhar ainda no sono que ele havia interrompido. O sol já se arrastava por entre as lâminas da persiana, se bem que ainda tímido, quando, sentado a meu lado na cama, o Amâncio cochichou que já estava na hora. Abri os olhos dentro da claridade difusa que invadia o quarto. Mas ainda é cedo, reclamei. Ele tinha deixado tudo pronto para que fôssemos dos primeiros a chegar à igreja.

Deixamos o carro no quintal do meu pai e descemos pela praça. Os poucos cumprimentos que enfrentamos encontraram o Amâncio de cabeça baixa, olhando de esguelha como se assim se defendesse de alguma agressão. Além da organista, que já fornecia algum som ao alto-falante, bem pouca gente aguardava o início da missa. Vindo dos fundos, o padre Teobaldo parou no corredor ao lado de nosso banco para nos cumprimentar. Ele sorria para nós com as bochechas e com os olhos.

À medida que o povo de Deus ia lotando a igreja, a estatura do Amâncio diminuía. Sei que a gente da roça, se mora longe da cidade e não tem nem uma capela em suas proximidades, costuma relaxar sua vida espiritual. Sair assim, acintosamente, para a lavoura, isso não, acredito que não aconteça. Mas se envolvem com a vaca cheia de bernes pedindo curativo, a correia do trator, quase rompendo, com o vidro quebrado da janela. Serviços de domingo, eles dizem. Por isso eu acho até que nunca tinha visto por aqui este Amâncio. E é por isso também que ele não se sente bem sentado neste banco de madeira.

Está todo mundo olhando pra mim, se queixa meu marido. Disfarço a cabeça abaixada e olho por cima do ombro, procurando todo mundo e não descubro ninguém nos observando, a não ser minha mãe, que me vê e pensa que é a ela que busco. Meu pai carrega uma expressão muito religiosa no rosto grande e não percebe as trocas etéreas de afeto que trocam sua esposa e sua filha.

A igreja está lotada e os corpos abafam um pouco o som do órgão em benefício do microfone do padre Teobaldo. As janelas com os vitrais representando o itinerário de Cristo até seu sacrifício cintilam intensamente à passagem do sol, que já ilumina uma parte do rebanho de Cristo da ala à esquerda do padre. O calor por enquanto é suportável e o fulgor que é arrancado de umas tantas cabeças lembra o trabalho particular do Espírito Santo abençoando seus protegidos.

Quando meu pai falou pela primeira vez em casamento, juro que imaginei uma de suas brincadeiras. Então era apenas uma alegria. Ele fechava minhas saídas, cada vez mais eu presa de seu império, e o sentimento inicial era o que me salvava. Segui todos os caminhos que ele e sua esposa me exigiram, executando cada um dos lances de um jogo sem o conhecimento de suas regras. Caminhava brincando de cabra-cega. O marido que eles me deram, no início, me repugnou um pouco por causa de seu acanhamento. Então comecei a inventar um jogo por minha conta. Meus lances, mesmo antes de casada, teriam o objetivo de descascar o matuto que morava em Amâncio até transformá-lo num homem igual aos outros que sempre conheci.

Temos de levantar outra vez nem sei por quê. A meu lado, meu marido repete tudo que faço, e o que faço é a imitação do que fazem os outros todos. O sinal da cruz, umas palavras, não, hoje eu não comungo. Mal consigo não dar vexame errando os movimentos do ritual.

Ele voltou mudado, o Amâncio, depois de passar três meses aprendendo a lidar com um supermercado. Suas roupas, seu olhar, o modo de manter a cabeça equilibrada em cima do pescoço, o movimento dos braços, tudo voltou mais delicado, de certa maneira o Amâncio voltou mais urbanizado. O Amâncio visível era outro, o invisível só com o tempo poderia ver.

No dia em que ele chegou de volta, pensei, agora talvez eu possa encarar o casamento como a vida real. Chega de faz de conta. Mas uma tarde ele me veio com o rosto deformado – rugas fundas na testa, dois vincos bem marcados saindo da raiz das aletas do nariz descendo até a comissura dos lábios. E seus olhos morriam enquanto ele falava. Que o Joel tinha estado na construção. As coisas que o povo da cidade anda falando. O Amâncio não tira os pés do chão. Perdi o sono, aquela noite. E agora já não consigo voltar às brincadeiras que meu pai inventou.

E eu que sempre sonhei com viagens, o vento gelado castigando meus lábios e meus cabelos, o sol fervendo minha cabeça na travessia dos desertos, o gelo queimando minhas mãos perto de um lago polar; eu, que sempre imaginei a vida uma aventura contínua, em salões sofisticados do mundo, em cabanas de pau a pique e chão de terra batida, envolvida com estadistas que decidem os destinos da humanidade e com simples trabalhadores que nem o destino de suas famílias podem decidir; eu, que me julgava fadada a sorver da vida até a última gota de prazer, me vejo agora presa a uma vidinha banal e sem interesse da qual sempre achei que teria forças para escapar. E essa é a felicidade que me toca? Não acredito. Minha vocação não tem asas tão curtas.

Agora novamente de joelhos. Mas gente, a consagração já aconteceu e nós dois não comungamos, tenho certeza.

– Amém.

O padre desenha com o braço pequeno outra cruz que abrange todo seu povo, uma cruz de caráter bem geral. As pessoas o imitam em suas testas particulares, e todos eles se sentem mais próximos do paraíso, pelos menos por mais umas duas horas.

Somos os primeiros a sair e usamos uma das portas laterais. O Amâncio me puxa pela mão, todo pressa, e fugimos para a casa de meu pai, onde somos convidados para o almoço. Sentada na escada do coreto, uma velha maltrapilha e desdentada nos observa com olhos sujos, e o Amâncio se esconde por trás do meu corpo como se ela representasse um grande perigo.

Capítulo 20

Ela sair por aí contando o que ouviu, sei que não sairia, a Bruna, mas é prima das gêmeas, e em cinco minutos meu pai alvoroçado e minha mãe vazando pelos olhos bateriam aqui em casa para reforçar minhas algemas. Por isso a ordem para que fosse procurar alguma horta onde ainda houvesse a possibilidade de encontrar berinjela. Ela riu, antes de sair, e tomou comigo uma das primeiras intimidades. Estes desejos, hein, dona Lúcia! Pegou o dinheiro, guardou no bolso da calça e saiu. Muito difícil que ela encontre berinjela, e, se encontrar, vai ser lá pelos lados da Vila da Palha.

Na segunda tentativa a Sueli atende. Pergunto se podemos conversar, se não atrapalho, e ela responde com restos de sono na voz que ainda tem alguns minutos antes de sair para o trabalho. Em seguida me pergunta, então como é que vai a vida de casada? Era a deixa de que eu precisava.

Poderia ser melhor, eu respondo. E o cheiro de calamidade no ar é a isca com que seguro minha amiga pela curiosidade. Agora ela que insiste, com voz aflita, que eu conte, mas o que anda acontecendo, não esconda nenhum detalhe, os problemas, a cama, o trabalho, a vida, o ciúme, enfim, por que poderia ser melhor?

Não, minha cara, de cama vou bem até demais. Falando com sinceridade, é o único quesito de que não posso ter queixa alguma. Sabe a saúde camponesa? Pois é, uma energia, uma fome de animal solto no pasto. Minha metáfora nos trás de volta um riso antigo, solteiro, quando a vida se resumia a projetos. Tento explicar o que penso para a Sueli, mas ela parece não entender, por isso mudo de assunto.

O Amâncio, eu começo, e não sei com o que continuar. Então me lembro do último domingo, na missa. Você está sabendo da minha história com o malabarista, não está? E quem não sabe?, ela responde. Pois agora uns idiotas daqui, nem preciso dizer quem são, começaram a espalhar um monte de mentiras a meu respeito. Você sabe muito bem que eu não me sinto afetada pelo veneno deste bando de estúpidos, mas o Amâncio, o marido que meu pai me deu, o Amâncio não tem tamanho pra enfrentar esta barra. Ele se desmancha ao sentir qualquer olhar pousado nele.

Paro, esperando algum comentário, mas a Sueli está calada, à espera de que eu prossiga.

Não aguento mais.

Finalmente ela dá sinal de estar escutando. Como assim, não aguento mais?

Meu marido é muito fraco, não quero mais ficar com ele. Preciso fugir, Sueli, preciso de ar, muito ar. Acho que meu casamento não pode ser o fim de tudo, entende? Eu fujo e descaso.

Ficamos um tempo ouvindo uma a respiração da outra. A Sueli não parece muito entusiasmada com o que acabo de dizer.

Lúcia, ela me chama, ah, pensei que você não estivesse mais aí. Peço que ela fale, pois nada quero tanto quanto ouvir o que ela tem a comentar. Mas você já tem onde ficar, como viver, o que fazer? Ora, mas não eram perguntas que me encurralassem, o que eu queria ouvir, e sinto um baque seco em meu humor.

Exponho meus planos, pelo menos naquilo em que envolvo minha amiga. Uns dias em seu apartamento, até que descubra uma boa pensão, uma república de estudantes, alguma solução desse tipo. Uns dias apenas, você está me entendendo? Também quero trabalhar, conquistar minha independência. Depois disso, se meu pai quiser me ajudar, vai ter de seguir minhas regras, pois para o básico não vou mais precisar dele.

A relutância da Sueli não me agrada e já sinto vontade de dizer que vou procurar outra solução. Por fim, contudo, sua voz fica mais clara e minha amiga diz que sim, a hora que eu quiser. Ela dá um jeito de me alojar por alguns dias. Então, começa a recuperar a vivacidade da fala, e acrescenta que você vai ver: as festas, o teatro e, quem sabem até alguma viagem.

Com tantas promessas, meu humor volta a ficar muito bom e me convenço de que procurei o caminho certo. Caramba, então não fomos sempre as melhores amigas?

Desligo o telefone ainda emocionada. Agora a ansiedade vai me tirar o sono, mas não posso deixar que ninguém perceba meu projeto.

Saio para o quintal tentando me distrair com as plantas, mexo nas folhas de um arbusto, examino o tronco do oiti, ando a esmo, volto a fazer tudo que já tinha feito, e um único pensamento me ocupa o tempo todo: minha fuga.

Aí vem a Bruna com a sacola inchada de verduras e legumes. Ela vem até a pérgula e me mostra: alface, repolho, couve-flor, cenoura e lá no fundo, escondidas, as berinjelas. Não presta deixar de satisfazer um desejo, ela me ensina com sua sabedoria rústica de roceira. Nós duas rimos numa cumplicidade nascente, e isso me deixa mais leve, porque posso me distrair com outros assuntos.

Para subir os três degraus na porta da cozinha, ela me dá a mão querendo me ajudar. E me recomenda que não faça muita força. Que a mãe dela, não, era perto do meio-dia quando sentiu as dores, e, da roça, onde capinava e chegava terra a uns pés de milho, ainda foi até a parteira e as duas saíram voando pra casa de charrete. E foi assim que eu nasci, me diz a Bruna com olhos muito inteligentes. Por isso que eu não enjeito serviço nenhum. Mas sua mãe, ah, era mulher antiga, resistente, criada com leite gordo, costela de porco, ovo caipira e trabalho no lombo.

– Não existe mais mulher como minha mãe, dona Lúcia. Matava um porco como quem descasca uma laranja.

Começo a ficar com medo da Bruna, por isso a deixo sozinha a mexer nas suas verduras.

Mulher de antigamente, ela repete, pensando que não a ouço mais.

Capítulo 21

Meu quarto agora é meu reino, pequeno mas suficiente para o pouco que a liberdade me permitiu trazer comigo. A cama, com edredom de cetim azul e o cheiro de todos os corpos que em décadas foi-se acumulando. Hoje não parece tão forte como o senti ontem na chegada. Uma penteadeira com espelho, que também serve de cômoda, seu banquinho, um guarda-roupa estreito e de ar tristonho, a mesinha e sua cadeira, ambas sofrendo abraçadas a longa vida sem esperança de um futuro melhor. Aqui sou meu próprio governo, daqui pretendo decolar para o mundo.

Imagino o rebuliço em que vive nestes dias a família Madeira, com duas semanas sem notícias da única filha. Sinto um pouco por minha mãe, que deve estar angustiada acendendo velas a todos os seus santos. Do meu pai não sinto dó. Ele é um homem simples, dominado por dois sentimentos apenas: a euforia barulhenta ou a raiva mais barulhenta ainda.

Deixei meu celular bem à vista em cima da mesa da sala, não fosse eu cair na tentação de ligar ou receber alguma ligação. Botei fogo nos meus navios.

A Sueli, quando me viu, me confundiu com algum fantasma. Mas ela sabia que eu estava a caminho.

Não foi muito difícil a saída de Pouso do Sossego. O Amâncio saiu muito cedo porque ninguém naquela cidade sabe assentar um azulejo. E os trabalhos de acabamento do supermercado começam a emperrar. Os profissionais fogem pra cobrar mais pelo serviço. Eles conhecem a pressa do Osório e de meu pai. Em meia hora a mala já estava pronta e em dois tempos a caminhonete rodava na estrada. Só começou a clarear bem depois do posto. Perigo nenhum de que alguém me conhecesse.

Logo depois de entrar e tomar o café que a Sueli mesma passou, ela me pediu que contasse a história, então, como é que você conseguiu.

– Mas você é muito louca, Lúcia. Muito louca.

Ela ria e seu riso estimulava minha narração.

Em Porto Cabelo, entreguei a chave da caminhonete ao manobrista de um estacionamento de periferia e deixei duas semanas pagas. De viagem para a Europa, eu inventei e ainda dei uma gorjeta ao cara, que ficou feliz, mais feliz do que eu, músculos doendo de tanta tensão, um pouco de medo. Eram mais de dez da manhã quando o ônibus partiu. Até então, me mantive meio escondida num canto de bar onde jamais teriam a ideia de me procurar. Eles, apesar de tudo, não são capazes de imaginar as situações e os apertos que tenho competência para suportar. Lá ninguém ia me procurar. Sim, porque a Bruna, a uma hora daquelas, já teria feito os maiores escândalos, eu pensei. E acho que tinha razão. Umas duas horas ela podia achar normal o meu sumiço, mas lá pelas dez já era tempo em demasia sem notícia da patroa.

Mas foi tudo muito tranquilo. Depois de uns dez quilômetros fora da cidade, respirei aliviada e a tensão começou a passar. Ali começava minha liberdade.

Na primeira noite ficamos conversando até de madrugada sobre os assuntos de nossa amizade. Na segunda, ela chegou muito tarde da rua e me disse que estava chegando de um motel. Eu via televisão na sala, deitada no sofá que me servia de cama. Ela disse aquilo com a mesma voz com que teria dito que o jantar estivera muito bom. Não que eu seja extremamente susceptível, isso não, ocorre que já tenho alguma experiência de vida, e minha paranoia de plantão, como tia Judite apelidou meu desconfiômetro, me pôs de alerta. Ninguém chega assim, na maior simplicidade e diz eu vim do motel. Entendi a mensagem.

Na manhã seguinte comecei a procurar um lugar onde pudesse ficar morando sem dever favor. Eu procurava disfarçar minha mágoa de todas as maneiras, mas no domingo, o namorado da Sueli estava na Dinamarca, fomos gastar nossa manhã no parque. Caminhamos caladas um bom tempo fingindo que fruíamos a brisa fresca mexendo em nossos cabelos. Crianças brincando, marmanjos jogando, adultos flanando. Por cima de todos, as copas muito altas das árvores, e mais acima ainda o Sol espiando por trás de nuvens brancas e imóveis. Vamos sentar na grama?, ela me convidou. Esperamos que um bando de bicicletas passasse, atravessamos a alameda e entramos no gramado com manchas de sol alternando-se com coágulos de sombra.

A Sueli é muito esperta. O ressentimento, Lúcia, o ressentimento tem alguma coisa de infantil. Eu, que também não sou boba, mal ela começou, adivinhei o resto. O ressentimento é uma raiva impotente, silenciosa. E você já faz alguns dias que está ressentida comigo. Confessei, então, que entendi aquela alusão ao motel como uma sutil expulsão.

Sentadas na grama, ouvindo o vento chiar nas folhas das árvores, ouvindo o som distante de vozes, ficamos bastante tempo conversando. Ela me explicou que era uma noite de despedida, pois seu namorado ficaria uns quinze dias viajando. E o motel tinha incomodado um pouco o Cássio, acostumado ao conforto do apartamento.

Ela não negou que tinha vindo irritada naquela segunda noite que passei em seu apartamento. A gente se queixa da rotina, ela afirmou, mas faz de tudo pra que ela não seja quebrada. Então me contou algumas partes da vida dos dois, as viagens muitas vezes longas do Cássio, seus pertences todos no apartamento, de morador, ele, com seus teréns. Com a minha chegada, eles tiveram de improvisar uma porção de coisas, mas que eu podia ficar ainda alguns dias com ela, enquanto ele estivesse viajando.

A Sueli ficou vesga de olhos parados olhando a grama, por cima e distante, só faltando a ruga na testa para representar a Meditação. Nós duas tomadas por pensamentos diferentes, os pensamentos silenciosos, que ninguém jamais vai descobrir. Então minha amiga agarrou com força meu pulso e perguntou, Mas enfim, Lúcia, o que você procura, aonde você quer chegar? Eu não tinha uma resposta pronta e fiquei vesga de olhos parados olhando a grama, por cima e distante. Não sei aonde pretendo chegar, Sueli, mas sei que a vidinha daquela cidade me mata. Eu enlouqueço se não fizer alguma coisa. Eu quero ser feliz, se é que isso existe. Não sei, mas vou procurar.

– Olhe bem, menina, porque isso não é bem assim como você pensa. Você está deixando pra trás bastante gente infeliz. Seus pais, seus amigos, e até, por que não, até o Amâncio. Você não explicou nada a ninguém, apenas fugiu de uma vida que não quer, sem resolver o passado. Isso vai ficar pesando em cima de você.

O discurso moralista da Sueli me pareceu muito conservador e comecei a ficar aborrecida com a entrevista. Esperava que ela me animasse e o que encontrei?, alguém falando como a maioria das pessoas.

Pra mudar de assunto, contei que estava saindo todos os dias à procura de algum lugar onde pudesse morar. A Sueli deu um pulo de onde estava e enrolou meu pescoço com os braços. Primeiro pensei que a explosão fosse de alegria por já estar quase me vendo pelas costas. Mas ela começou a chorar e me pedir perdão. Foi a hora em que amoleci e chorei também, me aliviando ali na grama de todo o ressentimento que cevei por alguns dias. Ela voltava a ser minha melhor amiga.

Mesmo assim, na semana que entrava, o empenho com que a Sueli me ajudou a procurar outra morada, e apesar de compreender seu problema com o Cássio, me deixou a saliva um pouco salgada. Não sei se foi ciúme, o que senti, não sei exatamente o que foi, mas desci um passo no poço da tristeza.

Agora me instalo rainha de um reino com vinte metros quadrados. Pago pelo espaço e pelos móveis, e enquanto pagar tenho direitos que ninguém pode contestar. Daqui Cássio nenhum me expulsa.

A Sueli me ajudou muito. Foi ela quem achou o anúncio deste quarto para alugar, foi ela quem tratou com a dona da pensão, fez questão de faltar ao serviço uma tarde para me instalar aqui. Na hora em que me abraçou para se despedir, ela perguntou se eu estava triste. Fiquei em dúvida. Meu sentimento de júbilo por tomar nas mãos o próprio destino se choca com o sentimento de abandono a que sou arrastada pelo comportamento de minha amiga. Minha maior amiga. Tem a vida dela e eu que sofra minha solidão.

O dinheiro que consegui trazer não é grande coisa e hoje me arrependo de muito gasto supérfluo que vinha fazendo sem pensar. Minha conta no banco estava muito magra. Amanhã começo a procurar emprego e não sei como se faz isso.

Capítulo 22

A cadeira encostada na parede e meu braço direito estendido sobre o parapeito da janela, aberta assim que o Amâncio entrou. Precisava de mais ar, de mais céu, mesmo que enquadrado num caixilho de madeira.

Faz algum tempo que, em silêncio, ele prepara outros argumentos. Minha cabeça virada para o pequeno pomar da pensão, mesmo assim, de esguelha, às vezes seu corpo grande acomodado na minha cama entra no meu campo de visão. Está sério, numa posição de muito pouco conforto.

Há pouco mais de meia hora ouvi batidas na porta e imaginei alguma das colegas de pensão que costumam entrar aqui para contar ou ouvir novidades. Não segurei um grito de surpresa quando o vi inteiro na minha frente. A boa educação é quase uma qualidade atávica, difícil mudar aquilo que se aprende na infância, por isso liberei a passagem e o convidei para que entrasse. Mas além da boa educação, o medo de que ele fosse visto conversando comigo no corredor também ajudou na decisão de botá-lo para dentro do quarto. Na pensão todos me sabem solteira.

Aqui dentro conversamos melhor, foi minha única observação, enquanto puxava a cadeira para perto da janela, e ele, mesmo sem pedir licença, tomava conta da minha cama.

– Vim te buscar – foi a primeira coisa que ele me disse depois dos cumprimentos.

Respondi que não sou um objeto inanimado, que tenho vontade própria e o comando sobre meus atos. Ele não respondeu, como se minhas palavras fossem, dadas as circunstâncias, completamente irrelevantes.

Só então, no meio do primeiro silêncio, me dei conta de que esta presença é tão real como um pesadelo. Como pôde acontecer de uma pessoa expulsa da minha vida cair ali, no corredor da pensão, batendo à minha porta como se fosse alguma colega com vontade de conversar?

Cubro o Amâncio com olhar atento, frontal. É ele. Uma fisionomia que já se dissolvia em minha memória, de repente, ali parada, com toda nitidez, com seus traços num conjunto que eu pensava estar esquecendo. Ele responde ao meu olhar, usando a tristeza da minha mãe, suas lágrimas, a imensa dor. Enquanto ele fala, finjo prestar mais atenção nas pequenas laranjas ainda verdes das duas laranjeiras, que são as árvores mais próximas da janela. Enquanto ele fala, mantenho o braço estendido sobre o parapeito, a mão solta, aberta, o corpo sem movimento.

A ideia de que finalmente conquistei a liberdade e que, uma vez conquistada, não vou desperdiçá-la, começa a crescer no entrevero de meus pensamentos. A tutela, seja de quem for, tornou-se inaceitável. Agora exerço o arbítrio do que faço e assumo suas consequências. Já não brinco mais, abandonei o papel de boneca, já não pergunto mais se posso ou não. Saio todos os dias à procura de um emprego para não depender de ninguém. Minha autonomia está tendo um custo alto, mas não vou jogar fora todo este esforço.

Uma nuvem que parecia parada, pairando no azul frio do céu, acaba de sumir. É sábado, por isso não há pressa, pois não tenho mesmo o que fazer. O Amâncio para de falar e se distrai com seus pensamentos silenciosos. Ele está mais encolhido, como se o corpo fosse um peso incômodo. Apoia-se nas duas mãos, que afundam no edredom, o torso oblíquo e a cabeça jogada para trás, como se observasse o teto de tinta descascada.

Põe-se novamente na vertical e começa a falar do supermercado. Os primeiros trabalhadores do grupo concorrente começaram a chegar, para espanto do povo, e vêm contando com a má vontade da população. Mais de um ano à frente deles, o Amâncio cheio de orgulho. Descreve detalhes do acabamento, banheiros com torneiras automáticas, coisa das mais modernas. Células fotoelétricas e a água jorra como num milagre. A fase, agora, é do sortimento. As prateleiras, gôndolas, os diversos freezers, o modo de organizar a disposição das mercadorias: a altura dos olhos, artigos obrigatórios, o lugar dos supérfluos, o mais caro e o mais barato. Ele pensa que estou interessada numa aula de mercadologia. Quase tudo pronto para a inauguração, entende?

Que muita gente pensou que eu tivesse fugido com algum homem. Seria um caso de troca, apenas, reduzindo meu gesto à banalidade das relações amorosas malsucedidas que se repetem a toda hora. Se eu quisesse, não seria difícil trocar. Aqui mesmo, na pensão, um bancário me assedia sempre que pode se aproximar de mim. Outro dia conseguiu almoçar na minha mesa. Fez perguntas indiscretas, contou parte de sua vida, falou até me aborrecer tanto que pedi licença, me levantei e fui para o quarto. Pois não é que ele não desistiu? Talvez não tenha entendido a razão da minha retirada.

Não foi por um motivo único, Amâncio. Ele cala esperando que eu continue. Percebo que sua paz depende do entendimento de minha fuga. Mas não estou disposta a deixá-lo em paz. O povo, por fim eu digo, principalmente aquele povo maledicente e hipócrita.

O Amâncio move o corpo, ergue as sobrancelhas, quase sorri. Percebo que se alegra ao me ouvir falar mal do povo. Não, por mais cínica que eu seja, e sei que sou, não posso destruir este pobre coitado que veio de tão longe pensando em me salvar. Então nos pomos a falar horrores do povo de Pouso do Sossego, principalmente das famílias de maior relevo. Apesar de todas as minhas espertezas também cometo distrações e me sinto, de repente, em sintonia com o Amâncio, por isso me calo.

Como uma bofetada me vem à lembrança a época em que desejei com raiva e gana a morte deste homem que agora faz de tudo para me conduzir a meu passado.

Daqui a pouco é hora do almoço e não gostaria de que meus colegas de pensão soubessem da existência de um Amâncio em minha vida. Tenho dito a todos que sou solteira e pobre à procura de um lugar onde possa sobreviver. Digo que é um primo, se alguém nos surpreende? Na chegada, ele me disse que se apresentou à empregada que lhe abriu a porta apenas como um parente. Essa discrição do Amâncio é ponto a seu crédito. Às vezes ele me surpreende.

Caio na asneira de perguntar pela Clara, pelas gêmeas, pelo povo todo do sobrado. Termino de perguntar e me arrependo. Essa foi uma fissura perigosa em minha carapaça, uma fraqueza, mas não tenho como retroceder. Ele conta as novidades, namoros e noivados, quem nasceu de quem, os novos habitantes. Tudo isso ele desenrola com palavras leves, pausas em que flutuam algumas lembranças muito caras. Por fim, ele volta a falar da dona Júlia, suas lágrimas, seus suspiros.

Consigo mudar de assunto perguntando por seus pais e irmãos. Espero que não fale muito, pois temos de sair logo para algum restaurante, antes que o movimento da pensão cresça. O Amâncio sabe que minhas relações com sua família foram sempre muito ralas, uma distância decente, na medida certa. Então procura meus olhos com uma firmeza desconhecida e pergunta:

– Como é que você está se virando? Pelo extrato do banco, eu sei que você não trouxe muito dinheiro.

Sinto vontade de responder que agora vivo da prostituição. Acho que meu rosto está uma fogueira, por causa do ódio que me causa pensar nas dificuldades que tenho enfrentado. Meu currículo é simplesmente ridículo. Levanto os ombros, espicho o beiço, enrugo a testa. Pergunta idiota.

– Isso não é da sua conta – finalmente respondo agressiva.

Ele cruza os dedos, e fica olhando para as mãos, que repousam sobre as coxas. Tenho ganas de esbofeteá-lo, de expulsá-lo daqui da pensão, e só não faço isso por medo do escândalo consequente. Que direito você tem, pergunto, de vir até minha casa, aqui dentro do meu quarto, pra me perturbar? Subitamente me sobem pelo esôfago meus medos, todas as minhas angústias, as incertezas, a saudade que sinto de algumas pessoas, e tudo isso, de gosto azedo, explode na minha boca, que se enfeia torta e de onde começa a escorrer uma baba vergonhosa. Já não seguro as lágrimas que me lambuzam o rosto e meu corpo é sacudido pelo desespero em que me afundo. Eu quero morrer, sumir da vida, eu quero socorro.

As mãos grandes do Amâncio seguram minha cabeça, ele com seu cheiro de homem, com sua estatura reclinada sobre mim. Começa a me beijar a testa, o charco dos meus olhos até alcançar meus lábios. Ele engole a grandes sorvos meu choro e me ergue para envolver meu corpo com seus braços.

O sossego parece vindo de longe, aos poucos, e não consigo mais me desvencilhar de seu abraço. Não reajo, estátua, por causa da vergonha que sinto. Há um ano este Amâncio não existia em mim, nem seu rosto, seu nome, a força com que toma a vida para si. E hoje me salva do naufrágio. Ou me perde no abismo de uma existência que sempre me recusei viver. Pouco importa o que virá. Agora o que me vale é seu peito, onde me recolho, e seus braços que me mantêm a seu alcance.

Do carinho que aos poucos penetra nossos corpos, nasce um desejo desmedido, brutal, e mal temos tempo de nos livrar das roupas para que rolemos com fúria na cama de solteiro que há várias semanas eu julgava ser a minha. Neste momento não existem mais projetos, o futuro não tem o menor peso em nossas vidas.

Lado a lado no aperto desta cama estreita, ofegamos algum tempo meio desmaiados e quietos. Por fim o Amâncio cochicha com a boca quase dentro do meu ouvido:

– Eu vim te buscar.

Capítulo 23

Segunda viagem de volta. Toda vez que saio de casa é para sempre, como se carregasse minha vida nos bolsos. E agora já é quase uma hora da tarde e ainda não almoçamos. Cada vez que volto, me sinto menor, personagem de uns sonhos pequenos, em branco e preto, uns sonhos sombrios que servem apenas para estragar o meu humor durante um dia inteiro. Em alguns postos de combustíveis me recuso a entrar: a comida parece vir dos banheiros. O Amâncio sabe disso. É uma questão de estética visual e olfativa.

No início da viagem, o marido que finalmente assumi veio contando, relato detalhado, tudo o que aconteceu depois da minha fuga. Como eu supunha, quem berrou primeiro foi a Bruna. Mas isso já perto do meio-dia. Não desci do quarto, não apareci no jardim, não dei sinal nenhum de que continuava viva, ela telefonou para minha mãe. Foi então que o barulho começou. Pelos remexidos no closet e pela ausência da mala, concluíram que não tinha saído para dar uma volta de caminhonete. Já era quase noite quando a polícia de Porto Cabelo descobriu o primeiro vestígio no estacionamento. Nossa caminhonete estava lá e um dos manobristas me descreveu. Mas as pistas terminavam ali.

Meu pai e alguns de seus capangas andaram vasculhando a cidade vizinha atrás de informações. Sem sucesso. Ninguém além do manobrista do estacionamento se lembrava de me ter visto.

Reunidos na casa de meu pai, ele, o próprio, minha mãe e o Amâncio, começaram a desenvolver hipóteses. Havia ou não algum homem na história? Teria eu voltado para a terra de meus tios? E com que dinheiro? Foi então que tiveram a ideia de verificar minha conta no banco. Muito longe ela não pode ter ido, hein, Amâncio. Não levou muito dinheiro. Chegaram à conclusão de que em dois, três dias eu estaria de volta. Uma pequena viagem de diversão, não é mesmo? Ou telefonava desesperada pedindo mais dinheiro. Então era a hora: o destino do dinheiro.

Depois de uma semana começaram a ficar nervosos. Minha mãe não parava mais de chorar e de fazer promessas a seus santos de devoção. Os santos não respondiam porque as preces eram insuficientes, muito corridas, superficiais, as velas ínfimas, de chamas que mal podiam enviar recados até no máximo às nuvens mais baixas. Intensificou as rezas e triplicou o tamanho das velas. Com isso, parece que lhe aumentaram os motivos para chorar várias vezes por dia.

Meu pai, humilhado com o sumiço que os muros do sobrado já transpiravam para além de seus domínios, começou com ameaças violentas: as coisas que poderia fazer. Quando eu voltasse, veria de que ele era capaz. Tudo muito reticente, mas em voz tonitruante, a ponto de causar piedade às mulheres da casa. A Clara pedia pelo amor de Deus, a coitadinha. E as gêmeas, então, salgavam as saladas com as próprias lágrimas. Mas os dias passavam e o objeto de sua ira não aparecia, por isso foi baixando a voz e diminuindo as ameaças. Agora, se eu voltasse, já estaria novamente no lucro. Bastaria que eu voltasse.

A vida não tinha como não ser transcorrente nos trilhos de sempre. Não é a morte ou a fuga de alguém que faz o trem parar.

Finalmente o supermercado estava praticamente pronto para a inauguração. Que ele, o Amâncio, dizia: Se foi atrás de outro, doutor Madeira, não me interesso mais por ela. Volto pra casa do meu pai e vou cuidar do que é nosso por direito de muito trabalho. Não nasci dentro de um supermercado, por isso não pretendo dentro de um supermercado enterrar meus ossos. Que meu pai, o doutor Madeira, se enfurecia. Que marido você é, hein, seu Amâncio. Isso é marido que se apresente?

Essa indiferença do Amâncio pelo que pudesse estar acontecendo comigo, o desinteresse dele por meu destino, pois foi isso exatamente que me cativou. Era um homem que não se abalava com o abandono. Nesse momento, eu olhei para o Amâncio sem que ele percebesse e o escolhi para meu marido. Nós já vínhamos conversando há bem umas três horas, quase de frente para o Sol.

Alguém por fim teve a luz: entocada na casa da Sueli. Houve tapas na testa, como não pensamos nisso antes?

Meu pai puxou o Amâncio para a saleta das conferências e contou: a Sueli sabia onde eu estava morando.

– E o senhor, seu Amâncio, não me volte sem sua mulher, está me entendendo? Não me volte sem ela.

Dona Júlia lacrimosa, sem o poder do marido, só implorou: Ah, meu filho, traga de volta a minha Lúcia, pelo amor de Deus. Vou ficar o tempo todo ajoelhada no oratório. Meus santos hão de me ajudar.

Estamos andando há um bom tempo em silêncio. O Amâncio me parece um pouco cansado. Me disse que dormiu muito mal no hotel onde se hospedou por causa do barulho da rapaziada na avenida. Gritos e gargalhadas, e um concurso de som nos carros que foi até a madrugada. Me ofereço para dirigir um pouco e ele diz que já estamos perto de um posto onde se pode comer sem embrulhar o estômago. Depois do almoço, ele promete. Quem sabe tiro um cochilo depois do almoço enquanto você dirige.

Ele tinha razão. Estamos saindo da estrada para o pátio de um restaurante. Hoje eu estou muito casada.

Capítulo 24

Percebo as impressões digitais de meu pai na lentidão com que seguem as obras do supermercado concorrente. Ferro, cimento e até tijolos de repente sumiram: distâncias e dificuldades. Os pedreiros trazidos de fora, muitos dias jogando baralho ao lado dos barracões onde acampam com suas camas de vento e seus fogareiros a gás. Ainda não passaram de algumas paredes que os pouso-sosseguenses observam de longe, curiosos, para comentar defeitos, linhas tortas, fora de prumo à espera do primeiro vendaval para se jogarem no chão. Foi um tal de Camilo que, podre de bêbado, apontou os primeiros defeitos na obra. A população quase toda, então, foi até lá conferir a incompetência daqueles estrangeiros. Nem as mulheres do sobrado ficaram satisfeitas com as notícias, mais confiadas nos olhos, que registram imagens, do que nos ouvidos, por onde entram palavras muitas vezes enganosas, por isso foram lá ver de perto. A Bruna acompanhou suas primas gêmeas num domingo à tarde, depois chegou com a boca cheia de detalhes defeituosos.

Muitos projetos nascem mortos, envenenados pela maledicência popular. Principalmente quando esta é movida por alguma força invisível mas eficiente.

O Amâncio, antes de assumir suas obrigações no Supermercado Figueiredo, como já se lê na fachada, dá sempre um jeito de passar pela rua dos concorrentes. Passa lentamente pela frente da obra, com tempo para observar o efeito das ligações telefônicas do sogro.

Estamos a três dias da inauguração do supermercado, e não vejo alegria nem ansiedade em meu marido. Ele anda quieto, olhos muito abertos e parados. Ele não pisca tampouco enxerga o que acontece em sua volta. Fico assustada com essa recaída.

Quando chegamos da capital, por alguns dias o Amâncio cumpriu seu propósito. Ergueu a cabeça e desfilou pela cidade com um rosto altaneiro cheio de brilho, e seus olhos não desciam até o povo. Nós dois ríamos muito com as façanhas que ele me contava. Um dia se queixou de que seus amigos mais chegados, principalmente os mais antigos, começavam a fugir dele. Não podia mais andar pelas ruas sem ouvir gritinhos ridículos e gargalhadas que o insultavam pelas costas.

Faz uma semana que ele não sai mais de casa sem ser de carro, com os vidros fechados, e só vai aonde for extremamente necessário. Ontem, guardou o carro e estava fechando o portão quando surgiu em sua frente, rindo com a boca de poucos dentes aberta, aquela velha que não se sabe de onde vem e que aparece de surpresa para atormentar a gente.

Só hoje de manhã comentei essas mudanças no comportamento do Amâncio com meu pai. Ele ouviu, rosto fechado endurecido, pálpebras espremidas, e por fim me convenceu de que é preciso resistir. Com o tempo, minha filha, o povo esquece tudo isso. Mas tem que manter a cabeça erguida.

Durante o jantar passei a meu marido alguma coisa do que ouvi pela manhã. O Amâncio me ouviu quieto, comeu pouco e disse que precisava descansar. Subiu para o quarto. Fiquei vendo um filme na televisão e não me preocupei por ter ficado sozinha. Ele não gosta de cinema. Vive dizendo que isso é tudo uma mentiralha sem graça.

Entro no quarto tomando cuidado para não fazer barulho. Apenas a lâmpada do quebra-luz sobre meu criado-mudo joga um pouco de claridade na parede e sobre um lado da cama. Está um pouco frio, por isso me enfio logo para baixo do edredom e tento encerrar meu dia fechando os olhos.

O Amâncio não se mexe, e acho que foi uma injustiça bem vingada, quando ele volta rico e desafia, o mundo cheio de gente querendo cometer maldade, mas a mocinha, pelo menos, sempre acreditou nele, mesmo contra a família, agora parece que o corpo dele se mexeu, a noite está fria e escura, e os amigos fugindo, que não deveria ter ido à minha procura, se livrava de mim, algumas lágrimas, às vezes, eu vejo, quase sempre com o rosto escondido nas minhas costas durante as missas, domingo passado disse que não estava com disposição e nem foi, como herói, quando se bateu com o vilão, aquele conde de barbicha, mais ágil que o conde com a espada na mão, como herói, mas pouca gente, no início acreditou nele, as pessoas em geral têm tendência para acreditar mais é no mal, esse gosto meio mórbido pela desgraça alheia, mas acho que a maioria é de pura inveja, o Amâncio deu o pulo social que todos eles gostariam de dar, apesar de que o Hipólito também, mas ele foi diferente, queria mesmo era dormir comigo, o porco, como se eu fosse uma das éguas da fazenda do pai dele, agora o cotovelo empurra minha cabeça e uma das pernas roça na minha, ele deitado de barriga pra cima, e as mãos debaixo da cabeça, respiração de quem não está dormindo, fico parada sem saber o que deva fazer, no início levei tudo na brincadeira, uma história que meu pai criava pra me divertir, não que de físico, seu rosto e seu corpo, me desagradasse, mas seu jeito meio matuto, sua fala com cheiro de roça, melodias diferentes em sua voz, e fazer sexo com ele, desde a primeira vez, foi sempre muito bom, apesar de sua falta de delicadezas, mas é uma coisa meio natural, ele todo meio natural, nascido como uma planta, raízes enterradas na terra, mas não aguentou o falatório até os amigos comentando, e baixou a cabeça, então perdi o gosto de ficar com ele e fugi, só quando fiquei sabendo de como os fatos aconteceram na minha ausência é que me decidi por ser sua esposa, e estava indo tudo muito bem, igualzinho àquele romance em que o mocinho volta rico e resgata o nome do pai, mas o conde também era bom na espada, um espadachim, e a gente chega a pensar que ele ia se dar mal, eu me lembrei, volta ninguém sabe de onde com sacolas cheias de ouro, se queixou do encontro com aquela velha desdentada e suja no portão, ela olhando e rindo o tempo todo sem dizer nada, olhando e rindo, com baba, ela, essa antiguidade, um ser que já não deveria mais estar existindo, ele tosse e se remexe e deve pensar que estou dormindo e quase tem razão, o sono pesando dentro da minha cabeça os olhos fechados no meu escuro, começo a sentir, o Amâncio, por onde será que anda a mente do Amâncio que na minha volta pensei que fosse flutuar acima das nuvens, mas que agora me preocupa porque começa a rastejar outra vez, justo agora que escolhi ele pra meu marido, então assim a vida, que tem caminhos próprios, mas não acredito em destino, só que não consigo entender os desvios e ouço um suspiro por isso não resisto, apoiada nos cotovelos me ergo até ver seus olhos muito grandes e parados no escuro sem ver nada além de seus pensamentos.

Pergunto ao Amâncio se ainda não dormiu, uma pergunta idiota, se ele está com os olhos abertos, e que ele demora pra responder com duas palavras, Não consigo.

Me encolho calada, sem palavra que o anime. Algum tempo. Então ele me conta o encontro com o Leôncio e seu relato sobre tudo que ouve na barbearia. As sandices do povo, o ácido da inveja. Que a invenção mais fantástica entre tantas outras, me relata quebrado no meio, afirma que ele, Amâncio, engravidou uma novilha de seu pai e nasceu um bezerro com cara de criança. Tiveram de matar e enterrar lá mesmo, na fazenda, pra que ninguém visse.

Sinto uma imensa vontade de rir do absurdo a que pode chegar a imaginação quando disposta à maldade, mas começo um choro pequeno, sem alarde, penalizada com as asperezas que vão esfolando a pele do meu marido.

Capítulo 25

Não gosto de churrasco por causa da fumaça, que me deixa os olhos com tristeza, e também porque estas mordidas que são dadas na carne me parecem uma celebração canibalesca. Mas eu, a esposa, não podia faltar. A cidade inteira está aqui, na inauguração do Supermercado Figueiredo, e o Amâncio, ao lado do Osório, faz as honras da casa, recebendo os convidados. Estava com medo de que ele fosse murchar, fugindo de suas funções, mas ontem, quando ele disse, É amanhã, me pareceu bem mais animado. E hoje abandonou a cama muito mais cedo que de costume, e foi assobiando para o banheiro. Ele me dá a impressão de estar muito à vontade, e penso que seja esta festa, uma festa toda sua, a causa deste viço inesperado. Impossível prever as razões da euforia de alguém: céu azul, dia nublado? Ficar espiando pela janela a chuva encharcar a terra e lavar as árvores, isso me deixa melancólica, no entanto feliz. Meu pai odeia a chuva como a um inimigo, na época da safra. Depois chora se não chove, quando termina de plantar.

Hoje de manhã, meu pai me telefonou pra saber como ele estava. Contei que o meu marido cantara no chuveiro, coisa que ele nunca tinha feito e acho mesmo que nem sabe tratar-se de um clichezão muito mais urbano do que ele. Pois cantou. E meu pai soltou uma gargalhada. Isso é bom, hein, Lúcia, muito bom. É assim que eu quero.

Agora o Osório assume a recepção dos convidados, que não param de chegar, enquanto o Amâncio vai sujar as mãos de sangue. Mas este Osório tem muito cheiro de bacalhau seco, batata e cebola pra ser dono de supermercado. Se veste como qualquer um de seus empregados, fala como eles, e tenho a certeza de que não pensa diferente. O Amâncio, depois desses meses em que convive conosco, já vai pegando jeito de um executivo. A diferença entre eles, a principal, é que as pessoas vêm recebendo muito constrangidas os cumprimentos do meu marido, ao passo que cumprimentam com bastante efusão este velho comerciante que não há quem não conheça em nossa cidade. O avô dele iniciou a casa comercial que hoje se transforma no primeiro supermercado de Pouso do Sossego.

Minha mãe me olha com disfarce e pensa que não percebo. Desde que voltei, ela me lambe o tempo todo com os olhos, com as mãos, como se eu tivesse voltado a ser seu bebê, um serzinho que precisa de cuidado e carinho. Principalmente agora, que segredei a ela minha suspeita de gravidez. Ela já anda até escolhendo nome: o neto vai ser mais dela do que meu filho. Ela diz. Agora está mudando a cadeira de lugar porque a sombra andou um pouco. O jeito de andar, os lábios inchados e os peitos maiores. Ela afirma que já vinha desconfiando. Conversa dela. Por que não me disse isso antes de ouvir minha confidência? Adivinhar o passado é fácil demais. Até eu, que sou mais tonta.

Chegando muita gente. Este clube nunca esteve tão lotado como está hoje. Nem em campanha eleitoral, quando o doutor Madeira manda matar boi para comer com os eleitores. O pátio para estacionamento não comporta mais carro nenhum e algumas pessoas, as pessoas motorizadas, estão tendo de deixar o carro na estrada, encostado na cerca pra não atrapalhar a passagem.

130

Os cumprimentos alegres, o Osório rolando pelos abraços. E muitos foguetes. Nem as baratas que moram nos esgotos da cidade ficam livres da festa. Estes cordões estendidos de árvore a poste e mastro, com bandeirolas triangulares de papel seda verde e vermelho é de uma cafonice horrorosa, mas o Osório argumentou que o gosto que deve prevalecer é o do povo e não o meu. Ele, é como se diz, tem o tino do comerciante: essas questões de gosto ficam em último lugar.

Este bando que chega nas ondas de gargalhadas barulhentas a gente chama em casa de os homens do doutor Madeira. Meu pai nos repreende sem severidade, porque ele na verdade gosta da expressão. Eles estão com aparência de bastante felicidade. O Leôncio, magro como sempre e cheiroso como o povo diz, por causa das loções da barbearia, dá dois pulos de perna curta na frente do Laerte, que vem limpando os óculos. Me parece que os dois já chegaram com alguma cerveja na consciência. Eles me rodeiam, me dão uns parabéns com a potência de suas vozes, porque o grupo é grande e todos querem ser ouvidos. O Ariosto, aquele dono de bar, vem quase puxando seu melhor freguês, o Camilo, que todo dia se embriaga depois do serviço. Todo mundo sabe disso. Vão chegando para me cercar, agora transformada, eu, em primeira-dama da inauguração. Alguns desses aí eu não conheço, mesmo assim recebem meu sorriso de agradecimento. Não sei o que pensam a meu respeito nem me interessa saber, contanto que me respeitem. E pra isso carrego o sobrenome de meu pai. O Altemar, o Leandro e o Toninho, amigos do doutor Madeira, também vêm chegando: os fiéis escudeiros. Não me agrada ver lá perto do portão a entrada do Alfonso Alvarado, mas nada se pode fazer, se toda cidade foi convidada para a festa. Não é nosso amigo.

O Amâncio aparece protegido com um avental de lona, as mangas arregaçadas e uma faca na mão. Há dois açougueiros trabalhando com as carnes, mas ele tem mais prática disso do que qualquer um e, para exibir suas habilidades, quis ficar na supervisão. Está com semblante luminoso, está em seu terreno, seu reino. Uma das serventes me traz um chope de colarinho alto e pergunta se minha mãe também quer um. As bandejas cheias de copos de plástico viajam como revoada de discos voadores.

O homaredo, depois dos cumprimentos, vai-se dissolvendo no meio do povo, me deixando outra vez sozinha, com a paisagem ampliada.

O padre Teobaldo acaba de chegar cercado por muita gente. Ele estava borrifando cada canto do supermercado com água benta. Sem essa providência, ele disse na semana passada, os negócios não deslancham. Bem assim que ele falou. E me parece bem esquisito este conluio das coisas do céu com assuntos tão profanos, como se Deus se preocupasse com o comércio.

Misturado com o povo que chega rodeando o padre, descubro aquele canalha do Hipólito Alvarado. Não suporto este cretino. E me descobriu aqui atrás da mesa, o cafajeste. Me aponta com o queixo para os amigos, e eles riem dizendo idiotices, com vontade de arranjar confusão. O Amâncio atende a meu chamado e se aproxima, então lhe peço que bote ele e o grupo dele pra fora. Meu marido para a meu lado, bem alto, erguido, e encara a turma sem medo.

Meu pai está lá conversando com o padre e não percebe o que acontece por aqui. Minha mãe não conhece a história do assédio, por isso responde ao cumprimento do Hipólito, que só pode ser de zombaria. O modo como se inclina e abaixa a cabeça com exagero, sem parar de rir. O Amâncio vai até o portão e de lá ele traz dois seguranças. Meu coração tem uns movimentos pesados, que eu não controlo. Este rapaz já deve ter chegado aqui bêbado, doido pra criar alguma confusão. Muito sensato, o Amâncio: serviço para os seguranças, gente do meu pai.

O doutor Madeira, ultimamente, tem evitado qualquer gesto de hostilidade contra os Alvarado. Não vai gostar de ver este filho do Alfonso expulso do churrasco. Mas depois eu conto pra ele a história toda, que ele não conhece.

Começa a juntar muita gente em volta do Hipólito, porque ele não para de berrar que não sai, que é sócio do clube e tem seus direitos. Os seguranças tentam pegá-lo pelos braços, mas ele se solta e ameaça quebrar isto aqui tudo. Eu quebro isto aqui tudo! O Amâncio está cortando uma costela e para olhando o tumulto. Sai, sim, ele grita lá da churrasqueira, Sai, sim, que o clube é dos sócios, mas foi arrendado e isto aqui é uma festa particular.

O Hipólito fica mais furioso ainda. Ele me mete medo. Caminha na direção do Amâncio e grita, Mas então foi você que mandou me expulsar, seu corno filho duma puta. Todo mundo sabe que você foi comprado pra carregar o par de chifres. E acha que pode me expulsar do clube? Volta pro teu lugar, chifrudo.

As pessoas abrem uma clareira onde o sol se joga como num incêndio. Meu Deus, tudo muito rápido. Não consigo dizer palavra nenhuma, o Amâncio vem correndo, o povo abre caminho, dá passagem, ele tem uma faca na mão, todos gritam, mas ninguém tenta evitar a catástrofe, uma faca ensanguentada, e continua correndo. Se o Hipólito fugisse, se ele saísse correndo pra fora, mas ele não foge, parece hipnotizado, sem movimento nas pernas, sem sangue no rosto, sem movimento nenhum, quieto e de olhos muito abertos ele espera sem acreditar, e quando a faca é enterrada em sua barriga ele dá um grito que sobe do estômago, uma sororoca rouca, animal, um gorgolejo subindo lá do fundo de seu corpo misturado com o sangue que esguicha em golfadas, jogando a vida fora.

Conheça outras obras do autor publicadas pela Global Editora

Tapete de Silêncio

Trata-se do primeiro segmento de uma trilogia que tem *Pouso do Sossego* como sua segunda parte. Nesta obra o centro da ação é partilhado por múltiplos personagens, irmanados por um objetivo comum: manter a ordem e zelar pela honra de uma pequena cidade, ironicamente batizada de Pouso do Sossego.

Ao contrário do que indica seu nome, a cidadezinha vive um clima de tensão e intranquilidade, que leva dez de seus principais habitantes a se reunirem, numa noite chuvosa, no coreto da praça da matriz, entre cochichos, risos abafados e pigarros, à espera da meia-noite.

Nesse pequeno mundo, povoado de personagens emblemáticos e tão humanos, Braff desnuda os mecanismos e os subterrâneos da luta pelo poder, entrelaçado à ambição pessoal, à hipocrisia e à intolerância. Retrato duro e implacável da vida de Pouso do Sossego, *Tapete de Silêncio* é também uma metáfora de toda a sociedade humana.

À sombra do cipreste

À sombra do cipreste é a obra que projetou Menalton Braff no cenário literário brasileiro, no limiar do terceiro milênio. E o grande sucesso deste livro junto ao público e à crítica – laureado com o Prêmio Jabuti – Livro do Ano, em 2000 – foi previsto pelo saudoso Moacyr Scliar, no apaixonado texto que escreveu para a orelha das primeiras edições, publicadas por Galeno Amorim em sua antiga editora, Palavra Mágica: "Não tenham dúvidas os leitores: estamos diante de um notável contista. [...] O que temos aqui é o conto em sua melhor expressão. São textos muito curtos, mas carregados de intensidade dramática: aquelas situações-limite em que o ser humano se vê cotejado com sua realidade externa e interna". E, mais adiante: "Realista, Menalton Braff trabalha com personagens tirados do cotidiano, gente que todos nós encontramos na rua, no trabalho, no convívio familiar. Mas estes personagens têm segredos, vivem dilemas. E estes segredos, estes dilemas, constituem-se a matéria-prima da literatura de Menalton Braff."